Brigitta Rudolf

Weihnachten...
...alle Jahre wieder

Brigitta Rudolf

*Weihnachten...
...alle Jahre wieder*

Herstellung und Verlag:
BoD – Books on Demand, Norderstedt
ISBN: 978-3-7504-1985-8

Alle Jahre wieder...

„Weihnachten, endlich", sagen die Einen. „Schon wieder Weihnachten, alle Jahre wieder...", stöhnen die Anderen. An alle wendet sich dieses Buch mit dem Wunsch, dass die eine oder andere Geschichte Ihr Herz berühren und in Ihnen den Wunsch auslösen möge, eine oder auch mehrere Geschichten mit in ihr ganz persönliches Weihnachtsrepertoire aufzunehmen.

Alle Jahre wieder wünscht Ihnen eine stimmungsvolle Adventszeit und ebenso ein gesegnetes und fröhliches Weihnachtsfest von ganzem Herzen

Ihre

Brigitta Rudolf

Inhaltsverzeichnis:

Der Nussknacker	9
Kaufrausch	13
Lucas Weihnachtsfest	23
Besuch auf dem Weihnachtsmarkt	41
Ein Weihnachtsmann steht vor der Tür	48
Der lebendige Weihnachtskalender	56
Ein unerwarteter Gast	62
Dino ging verloren	71
Katzenwinter	83
Familienweihnacht	88
Schöne Bescherung	103
Der Weihnachtsmuffel	110

Hüttenweihnacht	118
Paket mit Herz	133
Ein Geschenk für meinen Mann	147
Rettungsaktion am heiligen Abend	152
Das Christkind	167
Kur – Urlaub zu Weihnachten	176
Mascha´s schönstes Weihnachtsgeschenk	186
Die Weihnachtsreise	198
Der beste Weihnachtsmann aller Zeiten	213
Weihnacht in Café Vergissmeinnicht	223
Heiligabend	232
Weihnachtswunder im Stall	237

Der Nussknacker

Auch Männer haben gelegentlich Intuition; doch meine Damen, glauben Sie es mir!

Vor vielen Jahren, wir waren noch nicht verheiratet, kam Oskar in unsere Familie und er begleitet uns seither durch jede Adventszeit. Eine recht bekannte, große Kaffeefirma hatte den charmanten Einfall, in jenem Herbst zum darauffolgenden Weihnachtsfest dreißig dieser hölzernen Gesellen zu verlosen. Für Manfred war es sofort ein absolutes „must have" einen davon zu gewinnen. Zugegeben, der Bursche war wirklich sehr eindrucksvoll. Von einen Designer speziell für diese Aktion entworfen und von Hand bemalt. So war jeder dieser Kerle ein absolutes Unikat. Ich gönnte Manfred diesen Gewinn natürlich von Herzen, war aber skeptisch, angesichts der Tatsache, dass sich bei diesem Gewinnspiel sicher viele Leute beteiligen würden. Doch Manfreds Glaube an sein Glück war riesengroß! „Ich werde einen davon gewinnen, ganz bestimmt! Das wirst schon sehen", versicherte er mir ganz ernsthaft.

Als das Datum des Einsendeschlusses vergangen war, begann das Warten.

Manfreds Glaube an sein Glück war weiterhin unerschütterlich, und schließlich teilte er mir sogar mit, dass er seine Mutter gebeten hatte, beim nächsten Einkauf möglichst viele Nüsse mitzubringen. Ob meine Schwiegermutter seine Zuversicht teilte oder nur um ihrem Sohn einen Gefallen zu tun, für ihn die erbetenen Nüsse mitbrachte, das weiß ich heute nicht mehr. Jedenfalls brachte sie ihm beim nächsten Einkauf jede Menge Walnüsse, Paranüsse, Haselnüsse und auch Erdnüsse mit. Es würde also im Falle eines Falles genug Arbeit für den neuen Nussknacker geben.

Tatsächlich, einige Tage später, erreichte mich im Büro ein kurzer Anruf von Manfred. Sehr aufgeregt, wie es sonst gar nicht seine Art war, teilte er mir mit, dass am Vormittag tatsächlich ein großes Paket von der besagten Kaffeefirma angekommen sei.
„Nein, das glaube ich nicht. Du willst mich auf den Arm nehmen", lachte ich ihn aus.

„Nein, heute nicht, vielleicht ein anderes Mal. Ich habe es doch immer gesagt, dass ich einen dieser Nussknacker gewinnen werde. Ihr habt mir alle nicht geglaubt, aber jetzt ist er endlich da. Ich freue mich so! Du musst unbedingt kommen und ihn Dir ansehen", fügte er noch hinzu.

Natürlich gratulierte ich ihm herzlich; denn schließlich freute ich mich mit ihm über diesen tollen Gewinn! Schnell versprach ich ihm noch, sofort nach Dienstschluss, vorbeizukommen, und legte dann auf. Natürlich musste ich dann sofort meiner Freundin, die im Büro nebenan arbeitete, von diesem unglaublichen Zufall erzählen. Sie freute sich ebenfalls sehr für Manfred, und trug mir herzliche Grüße und Glückwünsche an ihn auf. Außerdem bestand sie darauf, dass ich ihr am nächsten Morgen natürlich ganz genau berichteten sollte, wie der Nussknacker nun ausgefallen war. Das versprach ich ihr natürlich sehr gern.

Voller Erwartung fuhr ich nach Feierabend zum Haus meiner Schwiegereltern. Ein über das ganze Gesicht strahlender Manfred öffnete mir die Tür.

„Komm rein, schnell", sagte er und zog mich ins Haus.
Im Wohnzimmer, auf dem Couchtisch, stand das gute Stück, bereits umgeben von diversen Nussschalen. Jetzt konnte ich Manfred verstehen. Sein Nussknacker war wirklich wunderschön! Er war braun-orange bemalt, hatte ebenfalls braune, fröhliche Augen und einen prächtigen aufgemalten Schnurrbart. Das tiefschwarze Haar war weich und glänzend, wie das Fell einer Katze.

„Ich habe ihn Oskar getauft, wie findest Du den Namen?", fragte Manfred mich.
„Oskar – wie bist Du denn darauf gekommen? Wenn er Dir gefällt, dann ist das auf jeden Fall in Ordnung!", fand ich. „Willkommen in der Familie, Oskar!"
Seitdem wird der Karton mit Oskar in jedem Jahr zu Beginn der Adventszeit zuerst aus dem Keller geholt und auch als Letztes wieder hinuntergebracht. Wir alle lieben Oskar sehr, und er wird sicher eines Tages ein richtiges Familienerbstück, an dem nach uns noch viele Generationen Freude haben werden!

Kaufrausch

Jetzt standen, wie jedes Jahr, schon wieder die Weihnachtseinkäufe an, und langsam wurde es allerhöchste Zeit dafür! Also schnappte Katrin sich ihre vierjährige Tochter Leonie, und los ging es in das große Einkaufscenter vor der Stadt. Dort waren alle großen Warenketten vertreten, und nach den eingekauften Pflichtgeschenken wollte sie sich mit Leonie noch in dem großen Spielzeugparadies umschauen. Mit dem Versprechen, anschließend dorthin zu gehen, konnte sie Leonie immer locken. Außerdem gab es in dem großen Center auch etliche Cafés, in denen sie sich zum Schluss noch die wohl verdiente Tasse Kaffee gönnen konnte.
„Und Kakao und Kekse für mich, Mama" wünschte sich Leonie.
„Darüber können wir reden", versprach Katrin ihrer Tochter lächelnd.

Schon von weitem sahen sie die festliche Beleuchtung und die bunten Dekorationen des Einkaufscenters hell erstrahlen. Wie immer am

Nachmittag war auch diesmal der Parkplatz wieder rappelvoll. Aber vormittags musste Katrin arbeiten, dann erst Leonie vom Kindergarten abholen, für sie beide das Essen machen, den Rest für Tom warm stellen, der später aus der Schule kam, und dann waren sie endlich los gekommen. Katrin zog einen Zettel aus der Tasche, auf dem sie sich die Weihnachtswünsche ihrer Lieben notiert hatte. In der Buchhandlung hatte sie einiges bereits vorbestellt, das musste zwar nur noch abgeholt werden, aber an der Kasse war die Schlange trotzdem beträchtlich. Zumal die Dame vor ihr mit ihrer EC - Karte bezahlten wollte, damit aber offensichtlich nicht zurechtkam. Ob ihre eingegebene Geheimnummer nicht stimmte? Jedenfalls piepste das Gerät einige Male und schließlich brach die verärgerte Kundin den Versuch bargeldlos zu zahlen ab, und zog schließlich entnervt doch ihr Geld aus der Tasche. Na also, warum denn nicht gleich so, fragte sich Katrin.

Anschließend suchte sie mit Leonie für ihren Mann Rolf einen schicken Pullover und ein passendes Hemd dazu aus. Darüber würde er sich bestimmt freuen!

„So, jetzt müssen wir nur noch in die Parfümerie, und für Oma Monika und für Tante Ruth etwas zu kaufen, mein Schatz", erklärte sie Leonie, die bis dahin sehr gehorsam neben ihr her getrabt war.

„Ich möchte Teddy aber endlich das große Spielhaus zeigen, was ich mir wünsche", quengelte die Kleine.

„Ja, das kannst Du auch gleich", vertröstete Katrin ihre Tochter. Missmutig schwieg die Kleine, lief aber trotzdem, ihren Teddy fest an sich gedrückt, weiter neben ihrer Mama her.

„Am Schluss können wir noch einen Kakao trinken, was meinst Du?", fragte sie ihre Tochter. Aber Leonie gab keine Antwort. Auch gut, dachte Katrin, und zog dann die widerstrebende Leonie hinter sich her, um in der Parfümerie ihre letzten Besorgungen für diesen Tag zu machen. Dort hielt sie Ausschau nach einer Verkäuferin, die ihr weiterhelfen konnte. Tatsächlich, da hinten stand eine durchgestylte, hübsche, junge Dame, die ein Namensschild vor der Brust hatte, das sie als Angestellte dieses Ladens auswies. Mit schnellen Schritten ging Katrin auf sie zu und trug der Verkäuferin ihre Wünsche vor, bevor ihr eine andere Kundin zuvor kommen konnte. Dann gingen die beiden weiter. Und Leonie, die dabei die Hand ihrer Mama unbemerkt los gelassen hatte, stand plötzlich allein da. Jetzt wollte sie aber endlich in ihr heiß geliebtes Spielzeugparadies.

„Komm Teddy, wir gehen", flüsterte sie dem Bären ins Ohr, der natürlich nicht dagegen protestierte. Sie war ja schon öfter in dem großen Einkaufszentrum gewesen, und traute sich deshalb durchaus zu, ihr Ziel auch ohne die Mutter zu finden. Leonie war eine sehr mutige, junge Dame, und in dem Trubel fiel es niemandem auf, dass dieses kleine Mädchen ganz allein unterwegs war. Alle hasteten an ihr vorbei, mit mehr oder weniger großen, schweren gefüllten Einkaufstüten in der Hand. Jeder war mit sich selbst beschäftigt - Vorweihnachtstrubel eben!

Endlich hatte Katrin alles beisammen und bedankte sich bei der Verkäuferin für die freundliche und kompetente Beratung.

„Möchten Sie etwas davon als Geschenk

verpackt bekommen?", erkundigte sich die junge Dame noch bei Katrin.

„Nein danke, das kann ich selbst. Meine Tochter soll nicht noch länger auf mich warten müssen", entschied Katrin.

„Ihre Tochter", fragte die Verkäuferin, „wo ist sie denn?"

„Leonie, Herrgott Leonie, wo bist Du?", schrie Katrin entsetzt und sah sich um. Sie war so mit der Geschenkesuche beschäftigt gewesen, dass sie gar nicht mehr auf die Kleine geachtete hatte.

„Wie sieht sie denn aus, ihre Tochter?", fragte die Verkäuferin Katrin. „Wir finden sie schon, weit ist sie sicher nicht gelaufen", tröstete sie die völlig verzweifelte Katrin.

„Sie trägt Jeans, braune Stiefel und eine rotes Mäntelchen. Außerdem hat sie ihren Stoffbären dabei", beschrieb Katrin ihre Tochter.

Währenddessen hatte Leonie mit Teddy das große Spielwarengeschäft tatsächlich gefunden und stand völlig hingerissen vor dem großen Spielhaus.

„Ist das nicht schön, Teddy?", wollte sie von

ihrem treuen Freund wissen. Doch der blieb wieder einmal stumm, was Leonie allerdings als Zustimmung deutete.

„Na Süße, die ist super, diese große Spielvilla, nicht wahr?", fragte eine der Verkäuferinnen Leonie.

„Ja, toll!", bestätigte ihr Leonie strahlend. „Teddy findet das auch!", fügte sie noch hinzu.

Dann ging die Verkäuferin lächelnd weiter und meinte: „ Vielleicht kannst Du sie Dir ja vom Weihnachtsmann oder auch vom Christkind wünschen!"

Dann war sie fort, und Leonie hatte plötzlich eine Idee!

„Was meinst Du Teddy, sollen wir mal in das große Haus hineingehen? Ich bin schon so müde, Du auch?"

Gesagt getan. Mit Teddy unter dem Arm krabbelte Leonie durch die Tür des Hauses und legte sich drinnen hin. Herrlich kuschelig fand sie es dort. Von draußen hörte sie noch ein paar Augenblicke das Gemurmel der anderen Kunden. Das Gedudel der Weihnachtslieder, die hier während der Adventszeit in allen Läden liefen, hüllte sie sofort sanft in den Schlaf.

Katrin hatte in der Zeit, mit Hilfe der Verkäuferin, den ganzen Laden abgesucht. Leider ohne Erfolg, Leonie war und blieb verschwunden. Katrin machte sich die allergrößten Vorwürfe, nicht besser auf ihre Tochter Acht gegeben zu haben. Schließlich schlug die nette und hilfsbereite Angestellte der Parfümerie Katrin vor, zur Rezeption des Einkaufscenters zu gehen, um Leonie dort ausrufen zu lassen. Kurze Zeit später ertönte die Durchsage:
„Die kleine Leonie, vier Jahre alt, wird vermisst. Sie trägt..."
„Wohin könnte sie denn gelaufen sein? Überlegen Sie mal, wo können wir sie noch suchen?", fragte die Verkäuferin nun die inzwischen vor Sorge völlig aufgelöste Katrin.
„Ich weiß es nicht, sie könnte überall und nirgends sein, meine Tochter ist ein sehr selbstständiges Kind", antwortete Katrin schluchzend.
Doch dann fiel ihr ein, wie sehr Leonie sich das große Spielhaus wünschte und auch, dass sie ihr versprochen hatte, es noch einmal gemeinsam mit ihr anzuschauen.

„Sie könnte ins Spielzeugparadies gelaufen sein", stieß sie erregt hervor, während durch die Lautsprecheranlage noch einmal die Suchmeldung nach ihrer Tochter an ihr Ohr drang. Schon raste sie los, alles andere vergessend. Sogar die bis dahin eingekauften Geschenke blieben in der Parfümerie liegen.

Durch die Lautsprecherdurchsage alarmiert, erinnerte sich die junge Frau aus dem Spielzeugparadies plötzlich auch an die Begegnung mit dem kleinen Mädchen. Zu der Kundin, die sie gerade bediente, sagte sie deshalb: „Verzeihen Sie bitte, aber ich glaube, ich habe die Kleine vorhin an unserer großen Spielvilla gesehen. Ich muss sofort dort nachschauen, ob sie womöglich noch da ist."
Die Kundin, die selbst mehrere Enkel hatte, war voll Verständnis und lief gleich mit. Sie konnte sich die Sorge der jungen Mutter lebhaft vorstellen. Die beiden trafen im gleichen Moment bei dem Spielhaus ein wie die aufgelöste Katrin.
„Leonie, bist Du hier?", rief sie und öffnete die Tür der Spielvilla. Wahrhaftig, da lag sie, ihre

Tochter. Fest eingeschlafen, ein seliges Lächeln im Gesicht und ihren Teddy fest im Arm. Durch den Ruf der Mutter erwacht, blinzelte Leonie etwas verschlafen, und kroch dann nach draußen in die weit geöffneten Arme von Katrin, die sie sofort erleichtert an sich drückte.
„Leonie, was machst Du nur für Sachen? Wie gut, dass ich Dich wiedergefunden habe!", stammelte Katrin.
„Ach Mama, ich wusste doch, dass Du irgendwann kommen würdest und Teddy auch", wehrte Leonie ab. „Kriege ich denn jetzt endlich meinen Kakao, und wie findest Du überhaupt das Spielhaus, Mama?", wollte sie dann wissen.
„Alles was Du möchtest, mein Schatz!", versprach ihr Katrin glücklich.
„Wirklich alles?", erkundigte Leonie sich sofort.
„Na ja, fast alles, aber nur, wenn Du Dich nicht wieder selbstständig machst und allein fortläufst", schränkte Katrin lachend ein. „Komm, jetzt holen wir nur noch die Pakete und sagen Bescheid, dass ich Dich wieder habe", bestimmte Katrin und nahm ihre Tochter

ganz fest an die Hand.

„Dann gehen wir aber endlich den Kakao trinken und Kekse möchte ich auch dazu. Los komm Mama!", übernahm Leonie nun wieder das Kommando.

„Kakao und Kekse, so viele Du nur willst!", bestätigte Katrin ihrer Tochter. „Und das große Spielhaus, das schreiben wir zuhause mit auf Deinen Wunschzettel für den Weihnachtsmann, und dann schauen wir am Heiligabend mal, ob er es tragen konnte, mein Schatz!"

„Ganz bestimmt kann er das, Mama, der Weihnachtsmann kann doch alles!", verkündete Leonie voll Überzeugung und Vertrauen in die unbegrenzten Fähigkeiten des Weihnachtsmannes.

Luca`s Weihnachtsfest

„Scheißweihnachten", knurrte Luca leise vor sich hin. Den Zauber früherer Jahre hatte das Fest schon lange für ihn verloren. Luca war inzwischen siebzehn Jahre alt und lebte schon fast so lange er denken konnte im Heim. Seine Eltern waren beide früh verstorben und andere Verwandte, die sich um ihn hätten kümmern können, gab es offenbar nicht. So war er hier gestrandet, wie er es für sich nannte. An seine Eltern konnte er sich so gut wie gar nicht mehr erinnern, aber manchmal packte ihn trotzdem sehr vage so ein ganz verschwommenes Gefühl der Sehnsucht nach ihnen …

Das Personal im Heim war soweit ganz in Ordnung, fand Luca. Alle Mitarbeiter waren nett und taten was sie konnten für die ihnen anvertrauten Schützlinge, aber ein richtiges Zuhause, das spürte Luca genau, das sah doch anders aus.

Blöde Feiertage, dachte er noch einmal, als er fröstelnd an der Ecke des Kaufhauses stand, um auf Anja zu warten. Seit ein paar Wochen war sie seine Freundin. Sie hatten sich heute verabredet, um gemeinsam Weihnachtseinkäufe zu machen. Das hieß, Anja wollte gern für ihre Familie ein paar nette Kleinigkeiten, wie sie es nannte, einkaufen. Luca fehlte das Geld dazu und wenn überhaupt, dann wollte er höchstens Anja zum Fest beschenken. Wo blieb sie nur? Unpünktlichkeit war er bisher von ihr eigentlich gar nicht gewöhnt.

Da kam sie mit schnellen Schritten auf ihn zu; seine Anja. Mit blitzenden Augen stand sie vor ihm – endlich!

„Wartest Du schon lange? Tut mir echt leid. Die blöde alte Schmidt hat mal wieder die Zeit überzogen. Bis ich ihr irgendwann gesagt habe, dass ich noch verabredet bin. Da hat sie mich dann endlich laufen lassen", schimpfte Anja. Sie, als Tochter aus gutem Hause, erhielt Klavierunterricht bei einer älteren Dame, die dadurch ihre magere Rente aufbesserte.

„Wartest Du schon lange?", wollte sie von Luca wissen.

„Ich war pünktlich hier", gab er zurück und fügte hinzu: „Na, so etwa zwanzig Minuten stehe ich bestimmt schon hier und warte auf Dich."

„Egal, jetzt bin ich ja da", lautete die unbekümmerte Antwort von Anja. Sie vergaß jeden Ärger oder Kummer immer sehr schnell. Das war eine Eigenschaft, um die Luca sie manchmal beneidete.

„Weißt Du denn, was Du kaufen willst?", fragte Luca.

„Nö, das noch nicht, aber wenn ich etwas Passendes finde, dann schlage ich zu!", antwortete Anja. Mit diesen Worten zog sie ihn hinter sich her, um sich in den Weihnachtstrubel zu stürzen. Nur so wenige Tage vor dem Heiligabend waren alle Läden rappelvoll. Egal in welcher Abteilung des Kaufhauses man sich aufhielt, überall standen lange Schlangen vor den Kassen und die Verkäuferinnen hatten alle Hände voll zu tun.

„Was wünschst Du Dir denn eigentlich zu Weihnachten?", erkundigte Luca sich bei Anja. Sie kannten sich ja erst kurze Zeit näher und deshalb fühlte Luca sich zu unsicher, um Anja zu überraschen. Sie zuckte die Achseln und antwortete ihm: „Weiß nicht, von meinen Eltern kriege ich bestimmt wieder ein paar größere Scheine in die Hand gedrückt, damit ich mir ein paar chice, neue Klamotten kaufen kann. Um Überraschungen für meine Schwester und mich auszusuchen, fehlt ihnen ja meistens sowieso die Zeit. Das ist bei uns nun mal so. Aber ich kann meinen Eltern ja schlecht einen Schein zurück geben, oder?"

„Nee, das sähe echt doof aus, das kann man nicht machen", fand auch Luca.

„Aber Du, ich meine, worüber würdest Du Dich freuen?", fragte er noch einmal. Abschätzend sah Anja ihn an.

„Willst Du das wirklich wissen? Du hast doch kein Geld, lassen wir es doch lieber ganz – ich erwarte wirklich nichts von Dir! Trotzdem danke, dass Du Dir Gedanken darüber machst", sagte sie und zog ihn weiter.

Beschämt schwieg Luca. Er war sehr verliebt in Anja und wollte ihr so gern eine Freude machen, aber womit? Er war ratlos, zumal sie ja recht hatte. Sein mageres Taschengeld ließ wirklich keine großen Sprünge zu, dessen war er sich nur zu bewusst. Also ließ er sich widerstandslos von Anja kreuz und quer durch

das ganze riesige Kaufhaus lotsen, und am Ende dieses langen Nachmittags hatte sie alle Geschenke für ihre Familie beisammen. Ein extravagantes Seidentuch für ihre Mutter, eine edle, neue Pfeife für ihren Vater, ein Päckchen seines Lieblingstabaks dazu und die jüngere Schwester Klara bekam ein sehr großes, wunderschönes Stofftier. Klara liebte Hunde über alles und dieser Steiff-Dackel sah unglaublich echt aus. Sogar seine Größe entsprach der eines echten Tieres.
„Also bitte, das hat doch prima geklappt! Jetzt kaufe ich für Mama noch ein paar Pralinen dazu und für Klärchen ein Hundebuch, damit sind alle glücklich", freute sich Anja.

Luca schwindelte fast, als er mitbekam, wie viel Geld Anja nun für ihre Weihnachtseinkäufe ausgegeben hatte. Da würde er niemals auch nur ansatzweise mithalten können, das wusste er.
„Los komm, wir holen noch schnell Mamas Lieblingstrüffel und dann reicht es für heute", fand Anja. Allerdings reichte es, das meinte Luca ebenfalls. Er war fix und fertig von dem

Geschiebe und dem Gedrängel der letzten Stunden. Sogar Anja war geschafft und wollte nur noch nach Hause.

„Ich bringe Dich noch bis zur U-Bahn", schlug Luca ihr vor.

„Danke, ich weiß doch, Du bist auch müde. Ich nehme mir lieber ein Taxi, so bepackt wie ich bin", meinte Anja und steuerte schon auf den Taxistand neben dem Kaufhaus zu. Gerade war dort wieder ein Wagen vorgefahren. Der freundliche Taxifahrer half Anja ihre Päckchen im Kofferraum zu verstauen und nach einem kurzen „Tschüss" in Lucas Richtung war sie fort.

„Tschüss, wir telefonieren", rief er ihr noch nach, aber das hatte sie womöglich gar nicht mehr gehört. Jedenfalls hob sie noch einmal grüßend die Hand, als das Taxi an ihm vorbei fuhr.

Niedergeschlagen machte Luca sich auf den Heimweg. Anja war ein nettes Mädchen, alle Jungen in der Klasse mochten sie. Warum sie sich gerade ihm zugewandt hatte, das verstand wohl niemand so recht. Er selbst ja auch nicht.

Spätestens seit heute wusste er ganz genau, dass er nicht in ihrer Liga mitspielen konnte und das tat ihm weh, sehr sogar!

„Du kommst spät", empfing ihn eine der Mitarbeiterinnen als er nach Hause kam, fragte aber nicht weiter nach dem Grund seiner Verspätung. Das war Luca nur recht.
„Wir hatten heute Abend Milchreis mit Zucker und Zimt, ich habe Dir etwas davon aufgehoben. Na los, komm mit in die Küche", lockte sie ihn. Eigentlich hatte Luca keinen Appetit, aber dieses nette Angebot mochte er doch nicht zurückweisen. Rieke war eine besonders nette Mitarbeiterin des Heimes, und als er mit ihr in der gemütlichen Küche an dem großen Esstisch saß, schüttete er ihr sein Herz aus.
„Hm, da hast Du wirklich ein Problem, darüber muss ich erst mal in Ruhe nachdenken. Vielleicht fällt mir ja noch was dazu ein. Wir reden morgen weiter, ja?", bat ihn Rieke. Damit musste sich Luca fürs Erste zufrieden geben.

Am nächsten Morgen war er der Lösung seines

Problems jedenfalls noch keinen Schritt näher gekommen. Da Rieke Spätschicht hatte, würde sie erst am frühen Abend wieder da sein. Solange musste er sich auf jeden Fall gedulden.

In der Schule traf er Anja.
„Bist Du gestern denn gut nach Hause gekommen?", erkundigte er sich.
„Sicher, der Taxifahrer hat mich ja direkt vor der Haustür abgesetzt und mir sogar noch geholfen die Päckchen auszuladen. Was sollte mir da schon passieren?", spöttelte Anja lachend.
„Ich meine ja nur", gab Luca zurück.
„Ist schon gut, ich weiß, ich habe Dich gestern bestimmt etwas überstrapaziert, sorry", entschuldigte sich Anja, und Luca war auch sofort wieder versöhnt. Dann betrat ihr Klassenlehrer den Raum und zog die Arbeitshefte für einen Mathe-Test aus seiner Tasche.
„Oh je, der Tag ist gelaufen", seufzte Anja, und Luca konnte ihr nur zustimmen.

Als er nach der Schule heim kam, war Rieke

noch nicht da. Sie war weiterhin seine einzige Hoffnung, denn ihm war immer noch nichts eingefallen, womit er so einem verwöhnten Mädchen wie Anja eine Freude machen konnte. Seine Vorfreude auf Weihnachten tendierte inzwischen gegen null, obwohl im Heim heute Plätzchen backen angesagt war. Die jüngeren Heimbewohner halfen alle begeistert mit, und bald duftete es recht verheißungsvoll aus der gemütlichen großen Küche.

Endlich, gegen achtzehn Uhr, kam Rieke zum Dienst.
„Ist Dir was eingefallen?", wollte Luca sofort ungeduldig von ihr wissen.
„Langsam junger Mann, darf ich vielleicht erst mal meine Jacke ausziehen und die Schuhe wechseln?", lachte Rieke.
„Ja klar, entschuldige bitte", ruderte Luca sofort zurück.
„Ist schon gut, aber ich glaube, ich habe eine Superidee", verriet ihm Rieke. Dann erläuterte sie ihm ihren Vorschlag. Luca war zuerst skeptisch, aber je länger er darüber nachdachte, desto besser gefiel ihm das von Rieke geplante

Geschenk für Anja. Falls sie davon nicht so angetan sein sollte, dann würde er selbst dafür in die Bresche springen. Er fand Rieke´s Idee jedenfalls ausgezeichnet, und nicht zuletzt deswegen, weil sie ihm möglicherweise auch viel zusätzliche Zeit mit Anja einbringen konnte. Fast regte sich nun doch so etwas wie Vorfreude in ihm; es blieben nur noch drei Tage bis Heiligabend.

Am letzten Schultag hatten Anja und Luca beschlossen, sich am zweiten Feiertag zu treffen.
„Weihnachten ist doch ein Fest für die Verwandtschaft, da kann ich mich nicht ausklinken", hatte Anja ihm bedauernd erklärt.
„Aber am zweiten Weihnachtstag, da ist das meiste gelaufen", fügte sie hinzu. Da war er wieder, dieser schmerzhafte Stich in Lucas Herz. Familie – er hatte keine, Anja schon. Aber sie konnte ihn ja am Heiligen Abend nicht so einfach nach Hause zu ihren Eltern mitnehmen. Womöglich wussten die noch gar nichts von Anja´s Freundschaft mit ihm, dem Jungen aus dem Heim. Wer wusste außerdem, ob sie denn

überhaupt damit einverstanden waren. Im Heim rechnete man ja zudem mit seiner Anwesenheit an den Feiertagen. Er würde sich also noch etwas länger gedulden müssen, bevor er erfuhr, was Anja zu seiner Überraschung sagen würde.
„Wenn sie wirklich ein so nettes Mädchen ist, wie Du sagst, dann hast Du bestimmt ins Schwarze getroffen mit Deinem Geschenk", hatte Rieke gemeint und Luca geholfen, einen Gutschein zu basteln. Gemeinsam hatten sie den hübsch verpackt, und nun musste Luca nur noch bis zum zweiten Feiertag warten.

Endlich war der Heilige Abend da. Luca erwarte keine sonderlichen Überraschungen, freute sich aber doch, dass ein schicker, neuer Pullover in seiner Lieblingsfarbe blau und die neueste CD einer Band, die er besonders mochte, für ihn unter dem hohen, liebevoll geschmückten Tannenbaum bereit lag. Außerdem war da noch ein etwas unscheinbarer roter Umschlag mit seinem Namen darauf. Ein Aufkleber mit einem Engelchen prangte daneben. Von wem dieser Weihnachtsgruß wohl sein mochte? Unschlüssig drehte Luca den

Umschlag in seiner Hand, bevor er ihn öffnete. Per Post gekommen war dieser Brief eindeutig nicht und wer sollte ihm auch schreiben?

Auf seine Frage danach grinste Rieke, die auch an diesem Abend Dienst hatte, nur vielsagend und antwortete geheimnisvoll: „Das solltest Du schon selbst herausfinden. Durchs Fenster ist er jedenfalls nicht geflogen! Den hat Jemand hier für Dich abgegeben."

Luca überlegte kurz, bevor er sich in eine ruhige Ecke zurückzog, um dort den geheimnisvollen Umschlag endlich zu öffnen. Er zog eine geschmackvolle Weihnachtskarte mit einem hübschen Tannenbaummotiv daraus hervor. Nicht zu kitschig, sondern wirklich schön, dachte er, als er die Karte öffnete. Mit goldenen Lettern hatte Anja einen kleinen Weihnachtsgruß an ihn geschrieben und am Schluss auch erwähnt, dass sie sich schon sehr auf den zweiten Feiertag mit ihm freute. Ein kleiner, goldener Schlüssel war der Karte auch noch beigefügt. Damit konnte Luca allerdings zunächst nicht viel anfangen, aber er freute sich trotzdem sehr darüber. Sicher würde er noch erfahren, welche Bedeutung der zierliche

Schlüssel hatte. Mit den anderen Jungen und Mädchen aus seiner Gruppe verstand er sich gut, und so war es letztlich doch für alle ein schöner Heiligabend geworden. Auch für Luca; der in Gedanken natürlich bei Anja war und sich fragte, wie es in ihrer Familie wohl zugehen würde. -

Der erste Feiertag war ebenfalls gemütlich. Es gab sehr leckeres Essen, die ein paar Tage zuvor gebackenen Kekse durften endlich verspeist werden, und er konnte in Ruhe in seinem Zimmer die neue CD anhören und sich auf das Wiedersehen mit Anja freuen.

Endlich war es soweit und Luca stand am verabredeten Treffpunkt im Stadtpark – mit klopfendem Herzen! Als Anja kam, sah sie ihn und stürzte sich gleich in seine weit geöffneten Arme.
„Familie ist nicht nur schön, sie kann auch nerven, glaub mir!", rief sie dabei. Sollte das für ihn ein Trost sein?
„Ich habe mich so sehr auf Dich gefreut!", stammelte Luca, während er sie fest an sich

drückte.

„Das geht mir doch auch so", antwortete sie ihm und strahlte ihn an.

„Danke für Deine Weihnachtskarte, das war wirklich eine ganz tolle Überraschung", begann Luca, wurde aber schnell von Anja wieder unterbrochen.

„Das war ein Teil meines Geschenkes für Dich", erklärte sie, und zog ein hübsches, weihnachtlich eingewickeltes Päckchen aus ihrer Tasche hervor.

„Hast Du den Schlüssel dabei?", fragte sie gespannt. Klar, den hatte Luca sofort in seine Jackentasche gesteckt, weil er sich gedacht hatte, dass dieser kleine Schlüssel eine ganz besondere Bedeutung haben würde.

„Prima, dann pack jetzt mal aus!", forderte Anja ihn auf. Gehorsam begann Luca damit, das rote Geschenkband aufzudröseln, während er sagte: „Ich habe natürlich auch etwas für Dich, und ich bin schon sehr gespannt, ob es Dir gefällt!"

„Super, aber erst mal packst Du bitte mein Geschenk aus", bat ihn Anja. Endlich hatte Luca das Bändchen gelöst und begann damit, das hübsche Päckchen behutsam auszuwickeln.

Eine kleine Box aus Metall kam zum Vorschein, an deren Vorderseite ein zierliches Schloss angebracht war. Da ging Luca ein Licht auf. Schnell zog er den winzigen Schlüssel aus seiner Jackentasche, steckte ihn ganz behutsam ins Schloss und öffnete das hübsche kleine Kästchen. Darin befanden sich einige bunte weihnachtliche Süßigkeiten und noch ein weiterer Umschlag – dieses Mal in blau. Fragend sah er Anja an, die plötzlich etwas verlegen wirkte.
„Darf ich es lesen?", fragte Luca sie.
„Besser, wenn Du heute Abend allein bist", antwortete Anja.
„Ich dachte, Du könntest darin in Zukunft alle meine Werke aufbewahren. Ich habe eine Geschichte geschrieben; nur für Dich ganz persönlich", erklärte sie ihm.
Luca war sprachlos. So etwas hatte er nicht erwartet. Zeigte es ihm doch, dass Anja sich über ein Geschenk für ihn wirklich Gedanken gemacht hatte, ohne ihn zu beschämen, weil er ihr nichts allzu Teures kaufen konnte.
„Danke! Vielen, vielen Dank, darüber freue ich mich wirklich sehr!", versicherte er ihr und

nahm sie noch einmal in die Arme.

„Jetzt bin ich aber wirklich sehr gespannt, was Du Dir für mich ausgedacht hast", wollte Anja nun wissen.

„Und ich erst, was Du dazu sagen wirst", gab Luca zurück und überreichte ihr, sein sorgfältig eingewickeltes, dünnes Präsent. Nachdem Anja es vorsichtig ausgepackt und den Inhalt angeschaut hatte, brach sie in lauten Jubel aus.

„Eine Patenschaft für ein Tier im Tierheim! Das ist eine Superidee – ist es ein Hund oder eine Katze? Wie heißt er oder sie und wann können wir hingehen?", wollte sie wissen.

„Langsam, ganz langsam", bremste Luca sie. „Du kannst Dir dort ein Tier aussuchen. Ob es eine Katze oder ein Hund sein wird, das kannst Du selbst bestimmen. Falls es dann vermittelt wird, geht die Patenschaft auf ein anderes Tier über. Das kannst Du dann auch wieder auswählen. Solltest Du Dich für einen Hund entscheiden, dann darfst Du nach Absprache mit dem Tierheim mit ihm Gassi gehen. Nimmst Du lieber eine Katze, dann kannst Du sie natürlich ebenso oft besuchen, sie streicheln und mit ihr spielen, aber erst im neuen Jahr.

Zwischen den Feiertagen ist das Tierheim geschlossen, um den Tieren Stress zu ersparen. Das ist ja auch sinnvoll, deshalb musst Du Dich noch einige Tage gedulden. Das geht leider momentan nicht anders."
„Das ist wirklich ein ganz wunderbares Geschenk! Woher wusstest Du, dass ich Tiere so gern habe?", fragte Anja Luca.
„Gar nicht, ich habe es einfach gehofft!"
„Ich wollte immer schon ein Tier und Klärchen ja sowieso. Die bearbeitet Mama und Papa schon lange deswegen. Auf diese Weise kann man ja ein Tier erst mal richtig kennen lernen, bevor man es zu sich nach Hause holt. Ob es wirklich in die Familie passt und so, besser geht es doch gar nicht!", überlegte Anja. „Wenn das gut klappt, dann können sie irgendwann einfach gar nichts anderes mehr als **Ja** dazu sagen! Ach Luca, das ist das allerschönste Geschenk, das ich je bekommen habe – vielen, vielen Dank!"
Dasselbe dachte Luca ja auch und drückte sein Päckchen von Anja fest an sich. Er war überglücklich in diesem Moment und vielleicht war ja doch etwas daran, was Rieke immer sagte: „Wunder geschehen für die Menschen,

die daran glauben können – vor allem zu Weihnachten."

Besuch auf dem Weihnachtsmarkt

Überall festlich geschmückte Häuser und Wohnungen, Plätzchenduft, der durch die Straßen zog, Menschen, die mit gefüllten Einkaufstüten an mir vorbei hasteten und natürlich überall der Klang von Jingle Bells; ja so hatte ich mir die Zeit vor dem Weihnachtsfest immer vorgestellt, und so hatte ich die Adventszeit bisher auch immer empfunden. Ich bin wirklich ein absoluter Weihnachtsmensch und liebe alles an dieser Zeit, auch der Einkaufstrubel vor dem Fest schreckt mich nur äußerst selten ab. Vor allem dann, wenn ich meine wichtigsten Geschenke schon längst im Schrank liegen habe, weil ich nämlich das ganze Jahr über schon etwas kaufe, wenn ich für meine Lieben etwas Passendes finde. Dann ist der Weihnachtsmonat nicht so teuer und die große Hektik bleibt mir ebenfalls erspart.

In diesem Jahr war alles anders, obwohl es jetzt, so kurz vor den Feiertagen, ein absolutes „Bilderbuchweihnachten" zu werden versprach.

Es hatte am Abend vor dem vierten Advent in dicken Flocken sacht angefangen zu schneien, und unser kleiner Garten sah regelrecht malerisch aus. Alle Bäume trugen eine dicke Schneeschicht auf ihren Ästen und die Dächer der umliegenden Häuser sahen aus, als hätten sie kuschelige weiße Zipfelmützen aufgesetzt. Eine richtige Pracht! Trotzdem konnte ich mich in diesem Jahr nicht so recht auf das sonst so heiß geliebte Weihnachtsfest freuen – leider!

Wir beide kämpften seit der Kündigung meines Mannes mit finanziellen Schwierigkeiten, und es war sehr fraglich, ob wir auf die Dauer unser gewohntes Leben weiterführen könnten...

Weihnachtsgeschenke? Wovon denn? In diesem Jahr hatte ich zwischendurch nicht viel gekauft. Ich konnte ja auch nicht ahnen, dass uns im Herbst diese Katastrophe ereilen würde. Ich hatte mir zwar sofort einen Job gesucht, aber als Halbtagskraft reichte es trotzdem hinten und vorn nicht wirklich für große Sprünge. Also was tun?

Mein Mann und ich, wir waren beide von unserer Situation sehr deprimiert und hatten lange gar keine Lust gehabt, einen der zahlreichen Weihnachtsmärkte in unserer Gegend zu besuchen. Wie oft hatte ich schon auf ein kleines, privates Wunder gehofft, aber natürlich war nichts dergleichen geschehen! Aber jetzt, so kurz vor Weihnachten, da stieg doch mein alter Kinderglaube unvermittelt wieder in mir hoch. So eine traurige Vorweihnachtszeit wie in diesem Jahr, die hatten wir doch noch nie erlebt! Das ging gar nicht, fand ich, und so überredete ich meinen Mann Rolf dazu, uns an diesem Nachmittag einem Besuch auf dem hiesigen, kleinen Weihnachtsmarkt zu gönnen.

Auch hier ging es festlich zu. Alle Stände waren mit sehr viel Tannengrün und üppigem Weihnachtschmuck herausgeputzt. Es duftete überall verlockend nach Punsch und Bratwurst. Weihnachtslieder erklangen an allen Ecken, und viele Kinder saßen mit fröhlichen Gesichtern auf dem kleinen Karussell oder lauschten gespannt den interessanten Geschichten des

Weihnachtsengels, der in einem großen Ohrensessel auf der Bühne an einer etwas ruhigeren Ecke des Marktes saß. Eine Box für die Wunschzettel der Kleinen stand neben ihm. Ob sich wohl alle diese Wünsche erfüllen würden? Für einige Kinder sicher, schoss es mir durch den Kopf. Ach ja, einmal wieder so unbeschwert wie ein kleines Kind zu sein, das wünschte ich mir sehr in diesem Augenblick!

Im Weitergehen fiel mein Blick auf etwas Schwarzes, und ich trat unwillkürlich näher, um mir anzusehen, was da vor mir lag. Eine edle Herrenbrieftasche war es, und sie sah prall gefüllt aus. Sollte ich hineinsehen? Womöglich befand sich ja auch eine Adresse darin, bei der wir die Brieftasche abgeben konnten. Außerdem siegte meine Neugier, und so rief ich nach Rolf, der bereits ein paar Schritte weiter gegangen war.
„Was hast Du denn da?", fragte er, als ich ihm aufgeregt meinen Fund entgegenhielt. „Oh, eine Brieftasche, die müssen wir aber sofort abgeben", ermahnte er mich.
„Wo denn? Lass und erst mal reinschauen,

vielleicht steht der Name des Inhabers ja irgendwo oder er hat eine Scheckkarte darin", antwortete ich ihm.

„Na gut, wenn Du meinst, dann schauen wir zuerst mal danach", gab Rolf mir widerstrebend recht. Also traten wir ein paar Schritte zur Seite und sahen uns den Fund genauer an. Dabei gingen uns fast die Augen über, denn dieses dicke Portemonnaie enthielt etliche sehr große Scheine und sogar mehrere Bankkarten. Den Namen des Inhabers der Brieftasche kannten wir, sehr gut sogar. Es war einer der wichtigsten Industriellen unserer kleinen Stadt. Der würde das Geld bestimmt ohne große Probleme verschmerzen können, und uns würde es das Weihnachtsfest retten und sogar noch einige Zeit danach sehr helfen über die Runden zu kommen, soviel stand fest! Die Versuchung war wirklich riesengroß, sogar für den sonst so korrekten Rolf; aber wir wussten beide, unser schlechtes Gewissen würde uns in dem Fall ganz sicher keine Ruhe lassen.

„Lass uns erst mal nach Hause gehen", schlug ich vor, und das taten wir auch.

Dort angekommen, machte ich uns beiden erst einmal eine Tasse Tee, während Rolf die private Anschrift des Inhabers der Brieftasche aus dem dicken Telefonbuch heraussuchen wollte. Leider wurde er nicht fündig, aber wir wussten ja, wo sich die Firma befand. So machten wir uns am nächsten Nachmittag gemeinsam auf den Weg, um dort das gute Stück seinem rechtmäßigen Besitzer zurückzugeben. Der empfing uns erst einmal recht verwundert, weil er ja nicht wusste, was wir von ihm wollten, wurde dann aber doch sehr freundlich, als er sah, was wir ihm mitgebracht hatten. Er zückte sogleich sein Portemonnaie, um uns netterweise einen Finderlohn zu geben. Den Verlust seiner Brieftasche hatte er bis dahin noch gar nicht bemerkt, wie er uns sagte. Auf eine sehr freundliche Art lud er uns danach noch zu einer Tasse Kaffee ein. Während des Gespräches fragte er nach unseren Lebensumständen. Als er erfuhr, dass Rolf ganz dringend wieder einen Job suchte, wurde er hellhörig und fragte genauer nach.

Kurz und gut, Rolf bekam in seiner Firma eine Anstellung, und das war in jenem Jahr für mich das ersehnte Weihnachtswunder, um das ich so sehr gebeten hatte!

Ein Weihnachtsmann stand vor der Tür…

Advent – jedes Jahr wieder eine schöne Zeit, diese Tage vor Weihnachten. Wenn nur der Stress im Büro nicht wäre und ich mehr Zeit für Emma hätte, dachte Stefanie bedauernd. Wieder einmal; denn es war schließlich immer das gleiche Spiel, aber für sie als alleinerziehende Mutter gab es leider nicht wirklich eine Alternative zu ihrem Vollzeitjob. Damals als sie mit Emma schwanger wurde, hatte sie sich wirklich auf das Kind gefreut, ihr damaliger Freund weniger. Er hatte gekniffen, sobald er von ihrer Schwangerschaft erfahren hatte, der elende Feigling! Für eine Familie fühle er sich noch nicht reif genug, hatte er Stefanie erklärt. Das war`s dann und Tschüss Papa für Emma!

Es war bestimmt nicht leicht für Stefanie, sich mit der Tatsache abzufinden, dass sie ihre Tochter allein großziehen musste, aber sie liebte Emma über alles und hätte sie um keinen Preis der Welt mehr hergeben mögen. Emma hing ebenfalls sehr an ihrer Mutter, die leider oft viel zu wenig Zeit für sie hatte. Da Stefanie in der Nähe keinen passenden Job gefunden hatte, musste sie Emma morgens schon sehr früh zu ihrer Tagesmutter bringen, die sie dann später in den Kindergarten brachte, nachmittags dort auch pünktlich wieder abholte und behielt, bis Stefanie mit ihrer Kleinen abends wieder nach Hause fahren konnte. Und viele gemeinsame Unternehmungen so wie basteln oder Plätzchen backen, die konnten nur am Wochenende stattfinden, weil innerhalb der Woche die Zeit dafür komplett fehlte. Überstunden fielen natürlich für Stefanie gelegentlich auch an, obwohl die Kollegen netterweise schon so gut es ging auf ihre spezielle Familiensituation viel Rücksicht nahmen. Dafür war Stefanie ihnen sehr dankbar.

In diesem Jahr fielen die Feiertage recht günstig. Der Heilige Abend war ein Freitag, und an diesem Tag wurde im Büro ohnehin nicht gearbeitet. So hatte Stefanie das kleine Tannenbäumchen schon am Vorabend, als Emma bereits im Bett lag, aufgestellt und geschmückt. Sie war nun gerade dabei, die bunten Päckchen für die Kleine darunter zu verteilen. Durch die kleine Wohnung zog schon verheißungsvoll der Duft nach den Plätzchen die Stefanie, nach einem einfachen Rezept, noch schnell gebacken hatte; und im Wohnzimmer lief eine CD mit bekannten Weihnachtsliedern, die sie auf den Abend einstimmen sollte. Emma liebte Musik sehr, und obwohl sie erst vier Jahre alt war, konnte sie schon einige der schönen Weihnachtslieder mitsingen, was sie auch voll Inbrunst tat. Ob sie es in diesem Jahr wohl noch schaffen würde, mit Emma den Familiengottesdienst zu besuchen? Das Krippenspiel würde ihr sicher viel Freude bereiten und mir auch, dachte Stefanie versonnen. Es weckte immer wieder schöne Erinnerungen in ihr – sie hatte früher einmal die Maria spielen dürfen.

So, jetzt noch schnell den Tisch hübsch decken, die Plätzchen zum Abkühlen beiseite stellen, und dann konnte sie sich umziehen und auf die Bescherung vorbereiten. Was Emma wohl zu dem neuen Teddy sagen würde? Bestimmt musste der auch mit in ihr Bettchen, so wie ihre zahlreichen anderen Kuscheltiere. Davon konnte Emma nie genug haben, und diesen großen, weichen Teddy hatte sie sich vom Weihnachtsmann ganz besonders gewünscht! Glückliche Kinder – für sie konnten das Christkind oder der Weihnachtsmann noch alle Wünsche in Erfüllung gehen lassen!

Während Stefanie das Backblech aus dem Ofen zog, klingelte es an der Wohnungstür.
Um diese Zeit, wer konnte das nur sein?
„Mama, wer ist da?", krähte Emma aus dem Wohnzimmer.
„Ich weiß nicht, ich sehe gleich mal nach", gab Stefanie zurück und öffnete die Tür. Draußen stand ein kräftiger Mann mit einem langen, weißen Bart. Er trug einen roten Anzug, der mit weißem Pelz verbrämt war, und einen breiten Gürtel um die Taille. Auf dem Kopf saß keck eine passende rote Mütze. Er erinnerte Stefanie sofort an die Weihnachtsreklame einer sehr bekannten Getränkemarke. Hatte sie etwa in einem Preisausschreiben gewonnen? Sie konnte sich allerdings gar nicht daran erinnern, eine Karte dafür ausgefüllt zu haben. Falls doch,

dann musste das schon Monate her sein.

„Ja, bitte", sagte sie zögernd zu dem fremden Weihnachtsmann.

„Wohnen hier Stefanie und Emma Klein?", erkundigte sich nun der große, freundliche Weihnachtsmann lächelnd.

„Ja, das ist richtig, aber ich habe sie ganz gewiss nicht bestellt, von welcher Agentur kommen Sie denn? Da muss ein Irrtum vorliegen, es tut mir leid", antwortete Stefanie ihm.

„Nein, das ist ganz sicher kein Irrtum!", teilte ihr der Weihnachtsmann mit, und zog einen prall gefüllten Sack hinter seinem Rücken hervor. Dann überreichte er der verwirrten Stefanie als Erstes eine Karte.

„Hier, lesen Sie, dann darf ich vielleicht herein kommen", fuhr er fort. Stefanie warf einen kurzen Blick auf die Karte und las den Weihnachtsgruß ihres Kollegen Rainer.

Der schrieb, dass er ihr und Emma gern eine Weihnachtsfreude bereiten wollte, und bat darum, sofern sie an den Feiertagen Zeit dafür fände, sich doch kurz bei ihm zu melden, ob seine Überraschung gelungen war. Rainer war ein sehr netter Kollege von Stefanie. Sie mochte ihn, hatte aber seine vielen Einladungen bisher immer mit dem Hinweis abgelehnt, dass sie ohnehin viel zu wenig Zeit mit Emma verbringen konnte. Das war ja eine ganz liebevolle Idee von ihm. Vielleicht sollte sie doch noch einmal darüber nachdenken, wieder einen Mann in ihr Leben zu lassen. Rainer war da ganz sicher nicht die schlechteste Wahl!

Emma war es inzwischen im Wohnzimmer zu langweilig geworden, zumal kurz vorher die Weihnachtsplatte abgelaufen war, so tauchte sie plötzlich neben Stefanie auf.
„Der Weihnachtsmann!", rief sie entzückt und fasste gleich vertrauensvoll nach der Hand des fremden Mannes und zog ihn in den Flur hinein.
„Darf ich wirklich mit rein kommen?", vergewisserte sich der rot angezogene Geselle vorsichtshalber bei Stefanie.
„Sie sind ja schon drin", lachte sie. Und dann durfte er in ihrem Wohnzimmer seine Gaben auspacken. Mehrere bunte Päckchen für Emma und auch zwei für Stefanie holte er aus seinem

Sack hervor. Emma war völlig hingerissen. Der Weihnachtsmann war heute zu ihnen gekommen, der echte Weihnachtsmann, das konnte sie kaum fassen!

„Aber erst auspacken, wenn ich wieder weg bin", ermahnte sie der unerwartete Gast noch, bevor er sich augenzwinkernd verabschiedete.

„Dafür sorge ich schon und danke, ganz vielen Dank, lieber Weihnachtsmann", versprach Stefanie.

„Die Päckchen legen wir erst mal unter den Tannenbaum zu den anderen Geschenken", erklärte Stefanie ihrer Tochter. „Wir wollen doch gleich in die Kirche und mit den anderen Kindern das schöne Krippenspiel anschauen oder möchtest Du ausnahmsweise heute vielleicht eines der Päckchen schon vorher auspacken?", fragte sie, als sie in Emmas enttäuschtes Gesicht sah.

„Ja", jubelte die Kleine und griff sofort nach dem erstbesten Päckchen in ihrer Nähe, um es aufzureißen. Ein Tierpuzzle kam zum Vorschein. Na prima, damit konnte sie sich gleich beschäftigen, während Stefanie sich in der Zeit für den Kirchgang umzog.

Lieber Rainer! Sie würde ihn anrufen – noch heute Abend und ihn fragen, ob er die restlichen Weihnachtstage vielleicht mit ihr und Emma zusammen verbringen wollte, beschloss Stefanie.

Der lebendige Adventskalender

In vielen Gemeinden ist es in den letzten Jahren ein schöner Brauch geworden, vom 1. bis zum 23. Dezember in verschiedenen Häusern ein Adventsfenster einzurichten. Das letzte Fenster wird dann am Heiligabend in der Kirche beim Weihnachtsgottesdienst geöffnet. Diese speziell geschmückten Fenster werden dann zu einer festgelegten Uhrzeit aufgemacht, und jeder der mag kann dabei sein. In der Regel trifft man sich dort auch mit einigen Freunden zu einer besinnlichen Adventsstunde – oft mit einem Glas Punsch und selbst gebackenen Keksen. Dabei werden Weihnachtlieder gesungen, Gedichte aufgesagt oder auch eine nette, kurze Weihnachtsgeschichte vorgelesen. Oft sind es Vereine oder kirchliche Gruppen, die sich an dieser Tradition beteiligen, aber es finden zunehmend auch ganze Familien, vor allem mit Kindern großen Gefallen daran, ein festliches Adventsfenster bei sich zuhause zu schmücken. Viele Leute versuchen möglichst oft dabei zu sein, und so treffen sich häufig die gleichen Gemeindemitglieder wieder. Auch Gäste von außerhalb sind natürlich ebenso herzlich willkommen.

Unsere Freunde Christine und Ralf waren immer mit Begeisterung dabei! In diesem Jahr beteiligten sich ihre direkten Nachbarn Jörg und seine Frau Vera ebenfalls an dieser Aktion. Jörg war selbstständig und hatte immer einige Weihnachtspräsente für seine Kunden parat. Meistens waren einige übrig und die wurden dann im Freundeskreis verteilt. In diesem Jahr hatten er und Vera sich dafür entschieden, Lose für die Weihnachtslotterie ihrer Stadt zu kaufen. Drei waren übrig, und die sollten ihre besten Freunde erhalten. Selbst dann, wenn der Gewinn nicht groß war, freute sich jeder trotzdem ein Glückspilz zu sein! Eine originelle Idee war es schließlich auch fanden die beiden, zumal der Erlös dieser Lotterie einem wohltätigen Zweck vor Ort zugeführt werden sollte. Und für diese Weihnachtsaktion hatten etliche ansässige Geschäftsleute Sachspenden oder einige Gutscheine vergeben. Das allerbeste daran war, dass es bei dieser Lotterie keine Nieten gab. Wenn alle Preise vergeben waren, gab es somit auch keine Lose mehr dafür zu kaufen, was die Beteiligung an dieser Aktion besonders attraktiv machte.

Für ihr Adventsfenster hatten sie in diesem Jahr den 6. Dezember, also den Nikolaustag, gewählt. Und Vera rechnete mit mindestens fünfundzwanzig Besuchern oder mehr und hatte sich entsprechend vorbereitet. Der heiße Punsch duftete bereits verheißungsvoll und die gefüllten Plätzchenteller standen auch schon auf den Stehtischen, die Vera auf der Terrasse verteilt hatte. Der ganze Garten und das Haus waren weihnachtlich geschmückt mit viel Tannengrün und Kerzen. Für hübsche Dekorationen hatte Vera wirklich ein Händchen, und es machte ihr auch viel Freude.

Christine und Ralf waren die ersten, die eintrafen, und nicht viel später kamen auch die anderen Gäste. Zur Freude der Gastgeber war es, wie bisher immer, eine wunderschöne vorweihnachtliche Stunde. Natürlich hatten alle Vera's phantasievolles und aufwändig geschmücktes Adventsfenster bewundert.

Auch der Punsch und die Kekse waren so gut wie verschwunden. Das Gedicht, das ihr Sohn aufgesagt hatte, fanden alle sehr schön und für die von Vera verfasste Weihnachtsgeschichte hatte sie, zu ihrer Freude, ebenfalls viel Lob einheimsen können. Langsam verabschiedeten sich die ersten Besucher und kurz danach löste sich die Runde ganz auf.

„Christine warte, für Euch habe ich noch etwas", hielt Vera ihre Freundin zurück, als sie sich mit Ralf verabschieden wollte. Mit diesen Worten zog sie Christine beiseite, um ihr das Los zu überreichen.

„Oh, darüber freue ich mich aber – danke!", jubelte Christine und fiel ihrer Nachbarin um den Hals.

„Hoffentlich bringt es Euch viel Glück", hoffte Vera.

„Wir sehen uns morgen beim Schützenhaus; Ihr seid doch auch da, oder?", fragte Christine.

„Nein, morgen Abend können wir nicht, aber übermorgen bei den Müllers, da sind wir bestimmt wieder dabei", bestätigte ihr Vera.

Sie trafen sich noch einige Male bei dem

lebendigen Adventskalender und ebenso beim Gottesdienst am Heiligabend in der schönen, alten Dorfkirche. Die Krippe war in diesem Jahr wieder einmal der bewunderte Mittelpunkt für die vielen Besucher des Gottesdienstes und natürlich das letzte Adventsfenster. Auf die Öffnung dieses Türchens warteten vor allem die Kinder mit Spannung. Wie in jedem Jahr hatte sich die Küsterin etwas Schönes dafür einfallen lassen. Dieses Mal schmückte ein großer Engel mit der Weihnachtsbotschaft das Fenster. Alle waren begeistert!

„Am 31. ist die Bekanntgabe der Verlosung – ich bin ja schon so gespannt, was wir gewonnen haben! Ich komme dann auf jeden Fall kurz zu Euch rüber und sage Dir Bescheid", versprach Christine ihrer Freundin, nachdem sie sich gegenseitig ein frohes und gesegnetes Fest gewünscht hatten.

Als am letzten Tag des Jahres morgens die Zeitung im Postkasten steckte, schauten Christine und Ralf natürlich sofort nach ihrer Losnummer. Der Hauptgewinn ging zwar nicht an sie, aber auch über den Essensgutschein, den eine Pizzeria ihrer Kreisstadt gestiftet hatte, freuten sie sich sehr! Den würden sie sicher bald einlösen, und vielleicht konnten Vera und Jörg dann ja auch mitkommen – es würde ganz bestimmt ein schöner Abend werden!

Ein unerwarteter Gast

Der junge Mann, der in der hintersten Kirchenbank saß, war der Küsterin gleich aufgefallen, weil er scheinbar schon darauf gewartet hatte, bis sie die Kirche für den ersten Gottesdienst am Heiligen Abend aufgeschlossen hatte. Er ging sofort sehr eilig und zielstrebig zur letzten Reihe der Kirchenbänke und ließ sich dort nieder. Müde schien er zu sein und schäbig gekleidet war er auch, obwohl man seinem Mantel durchaus ansah, dass er vor langer Zeit bei einem guten Herrenausstatter gekauft worden war. Jetzt allerdings war er nicht nur verschlissen, sondern entsprach auch schon länger nicht mehr der derzeit gängigen Mode. Sie hatte ihn noch nie in der Kirche gesehen, aber zu Weihnachten kamen ja viele Leute, die sonst so gut wie nie ein Gotteshaus betraten, um sich dort die entsprechend festliche Weihnachtsstimmung zu holen. U-Boot-Christen nannte sie diese Leute im Stillen für sich; aber auch das hatte ja seine Berechtigung, fand der Pfarrer. Glauben war eben eine sehr persönliche Sache jedes einzelnen Menschen.

Jetzt kamen schon die ersten Besucher zum Gottesdienst. Sie musste noch die echten Kerzen an der großen, geschmückten Tanne anzünden, die Menschen begrüßen und auch die neu angeschafften Gesangbücher verteilen. Der Familiengottesdienst lief ab wie immer. Die Kirche war, genau wie in den Jahren davor, auch heuer wieder bis auf den allerletzten Platz besetzt. Sogar die alten Holzstühle musste sie noch hervorholen, damit alle Leute, die gekommen waren, auch einen Sitzplatz fanden. Sie schaute in lauter frohe und erwartungsvolle Gesichter, vor allem bei den vielen Kindern. Denen war die Vorfreude auf die kommende Bescherung sehr deutlich anzumerken, und das war ja auch gut so, fand die Küsterin. Viele kleinere Kinder zappelten unruhig auf dem Schoß ihrer Eltern hin und her und verfolgten gebannt das Krippenspiel.

In diesem Jahr hatten sich die Kinder mal wieder ganz viel Mühe gegeben, fand sie. Die Geschichte war ja allen bekannt, aber es war doch immer wieder erstaunlich, wie viele Facetten man darin nach wie vor entdecken konnte. In diesem Jahr hatte das kleine Mädchen, das die Maria darstellte, darauf bestanden, sich ein Kissen unter den Umhang zu stecken, damit sie wirklich genau so aussah wie eine echte Schwangere. Sie hatte auch ihre große Babypuppe mitgebracht, weil sie keinesfalls vor der leeren Krippe sitzen wollte. Glücklich und stolz nahm sie ihr Jesuskind auf den Arm und präsentierte es den Engeln sowie auch den staunenden Hirten, die gekommen waren, um das göttliche Kind anzubeten.

Die bekannten schönen, alten Weihnachtslieder erklangen und am Ende verließen dann fast alle Besucher die Kirche mit geröteten Wangen. Alle Kinder natürlich jetzt voller Erwartung auf die Bescherung, aber auch die meisten Erwachsenen schienen den Zauber dieser uralten Begebenheit in diesem Moment wirklich zu spüren.

Die Küsterin musste sich beeilen. Sehr bald schon würden die Besucher des zweiten

Gottesdienstes an diesem Heiligabend die Kirche zum zweiten Mal füllen. Der junge Mann saß noch immer in der letzten Kirchenbank und rührte sich nicht. Doch halt, er stand kurz auf, setzte sich dann aber wieder. Ein komischer Kauz ist das, dachte die Küsterin, vergaß ihn aber schnell, weil sie sich wieder ihren Pflichten widmen musste. Auch dieser Gottesdienst verlief wie jedes Jahr wieder sehr feierlich und stimmungsvoll. Die Predigt war sehr gut gewesen, und die Besucher hatten sich wieder einmal sehr spendenfreudig gezeigt – es war eben Weihnachten! Schließlich war die Kirche leer, aber der junge Mann saß noch immer auf seinem Platz in der hintersten Reihe. Wie festgewachsen hockte er da. Ob er wohl einen speziellen Kummer mit sich trug oder nicht wusste wohin er gehen sollte; und das zu Weihnachten, dem Fest der Liebe?

Langsam wurde die Küsterin unruhig. Sie hatte soweit alles aufgeräumt. Die Kerzen am Baum waren gelöscht und für den nächsten Weihnachtstag hatte sie frische aufgesteckt. Das Geld aus dem Klingelbeutel war sicher verstaut und die Gesangbücher wieder an ihren Platz geräumt. Der Organist und der Pfarrer hatten sich bereits verabschiedet und ihr beide ein frohes Fest gewünscht. Sie war, wie immer, die Letzte, aber da beide Männer eine Familie hatten, war sie das längst so gewöhnt. Jetzt sehnte sie sich ebenfalls nach ihrer gemütlichen Wohnung im Gemeindehaus. Sie musste nur noch die Kirche abschließen, und dann konnte auch sie endlich sie den Heiligen Abend genießen. Doch in der letzten Bank saß noch immer der junge Mann, was sollte sie nur mit ihm anfangen?

„Hallo", sprach sie ihn leise an und berührte ihn dabei sacht am Arm. "Hallo", sagte sie noch einmal und währenddessen schrak er auf und stammelte: „Ja natürlich, ich gehe ja schon."
„Wissen Sie denn überhaupt wohin?", fragte die Küsterin ihn. Hatte sie das wirklich gefragt? Das ging sie doch gar nichts an, oder?
„Ich weiß nicht...", kam es zögernd zurück.
„Also hier kann ich Sie keinesfalls sitzen lassen. Hören Sie, ich mache Ihnen einen Vorschlag. Sie kommen jetzt erst einmal mit zu

mir auf eine heiße Tasse Kaffee zum Aufwärmen. Danach sehen wir weiter. Was halten Sie davon?", schlug sie ihm beherzt vor. Er war etwa im Alter ihres Sohnes und machte einen sehr hilflosen Eindruck auf sie. Sie wusste plötzlich ganz genau, dass sie ihn keinesfalls seinem Schicksal überlassen und ihn allein in die Kälte hinausgehen lassen konnte. Wäre ihr Junge in einer ähnlichen Lage, sie wäre auch jedem dankbar gewesen, der ihm dann seine Hilfe angeboten hätte. Wortlos stand der junge Mann auf, um ihr zu folgen.

„Ich bin Elvira Böker und wie heißen Sie?", versuchte sie ihn aus der Reserve zu locken, während sie gemeinsam die wenigen Schritte hinüber in das Gemeindehaus zu ihrer Wohnung gingen. Dann schloss sie ihre Wohnungstür auf und bat ihn herein. Drinnen war es warm und gemütlich.
„Setzen Sie sich, der Kaffee kommt gleich", ermunterte sie ihn und zündete die Kerzen an ihrem Adventskranz an. Auf einen Tannenbaum hatte sie verzichtet, da ihr Sohn mit seiner Familie ohnehin erst nach den Feiertagen

kommen konnte. Ihr Gast schien sich auf seine guten Manieren zu besinnen, denn er stand noch einmal auf und sagte: „Oh Verzeihung, ich heiße Michael. Michael Stahl, und ich danke Ihnen wirklich sehr, dass Sie sich meiner annehmen, aber ich möchte Ihnen keinesfalls zur Last fallen, schon gar nicht heute!", stotterte er.

Sieh mal an, er bekommt die Zähne doch auseinander, dachte die Küsterin belustigt
„Nein, lassen Sie nur, ich freue mich, dass Sie hier sind", beruhigte sie ihn und schob ihm den Teller mit den selbst gebackenen Keksen hin. „Sie sind sicher auch hungrig", stellte sie dann fest."Bitte fühlen Sie sich wie zuhause", setzte sie noch hinzu und ging dann in dir Küche, um die versprochene Stärkung anzubieten. Als sie mit dem Kaffee zurück kam, saß ihr Gast schon wieder bewegungslos auf seinem Platz und sah mit seinen traurigen, blauen Augen zu ihr hoch.
„Sie haben doch Kummer, möchten Sie darüber reden?", forschte sie behutsam. „Ich bin heute Abend auch allein. Sie können gern hier bleiben, wenn Sie es möchten", fügte sie hinzu. Er tat ihr unendlich leid! Wenn man an einem

solchen Tag nicht wusste wohin, dann war das besonders schlimm, fand sie. Außerdem ging von diesem netten Jungen ganz sicher keine Bedrohung aus, das spürte sie inzwischen ganz genau, eher im Gegenteil. Langsam begann ihr unerwarteter Gast aufzutauen und von ihr auf so nette Weise ermutigt, vertraute er ihr seine Geschichte an.

Er war verheiratet und mit seiner junge Frau einige Jahre sehr glücklich gewesen. Dann hatte sie einen anderen Mann kennen gelernt, der ihr vordergründig mehr zu bieten gehabt hatte. Daraufhin hatte sie ihn verlassen. Schließlich kam dazu, dass er arbeitslos geworden war. Vor lauter Frust über dieses ganze Elend hatte er danach auch noch zur Flasche gegriffen, und so war sein sozialer Abstieg sehr schnell gegangen.
„Ich trinke nicht mehr", beteuerte er ihr, „aber ohne einen festen Wohnsitz erhält man auch keinen richtigen Job. Ich habe es wirklich versucht, bitte glauben Sie mir das!", bat er und fuhr dann fort: „Ich weiß eigentlich gar nicht,

was mich heute in die Kirche getrieben hat", gestand er ihr schließlich.
„Aber ich weiß es, und glauben Sie mir, wenn Sie es wirklich wollen, dann schaffen Sie auch einen Neubeginn. Sie sind nicht mehr allein!", versicherte sie ihm.

Sie, Elvira Böker, würde ihn ab sofort mit unter ihre Fittiche nehmen! Gleich nach Weihnachten wollte sie mit dem Pfarrer ein Wort reden, der hatte immer so gute Ideen! Es wäre doch gelacht, wenn sie zusammen für diesen netten jungen Mann nicht etwas Passendes finden könnten!

Dino ging verloren...

Tom hatte von seiner Tante Brigitte zum Nikolaustag einen neuen grünen Plüschdino bekommen, über den er sich tüchtig gefreut hatte! Er steckte, mit seinen vier Jahren, nun schon mitten drin in seiner Saurier- und Drachenphase. Sehr zum Kummer seiner Oma Anneliese, die diese „urzeitlichen Viecher", wie sie es nannte, leider absolut schrecklich fand, und sich sogar ein bisschen davor ekelte. Deshalb weigerte sie sich strikt mit ihrem Enkel den Dino-Park in der Nähe zu besuchen. Das sollte er lieber mit seinen Eltern oder Paten tun, fand sie.

„Möglicherweise hat mich in einem früheren Leben so einer mal gefressen", damit begründete sie ihre Abneigung gegen diese Urzeitriesen. Zu seinem Glück bildete Tom`s kleiner, grüner Plüschdino eine Ausnahme. Er sah nicht allzu furchterregend aus, und außerdem versicherte ihr Tom ganz ernsthaft, dass dieser Dino in seinem Leben früher ein Pflanzenfresser gewesen war. Außerdem sei er auch „ganz lieb Oma, ganz bestimmt, da brauchst Du gar keine Angst zu haben", hatte er noch hinzugefügt. Sehr schnell war Dino zu seinem speziellen Freund avanciert und musste überall, wirklich überall hin, mitgenommen werden. In Tom`s Bett schlief sein Dino selbstverständlich auch, das war überhaupt keine Frage!

Einige Tage vor dem Weihnachtsfest wollte Oma Anneliese ihrem Enkel Tom eine Freude bereiten, und mit ihm zusammen in das große Einkaufscenter ihrer Stadt gehen, um sich mit ihm die aufwändigen Weihnachtsdekorationen dort anzuschauen .Außerdem gab es dort natürlich allerhand weitere Attraktionen für Kinder in Tom`s Alter. Deshalb freute Tom sich sehr als er, früher als gewöhnlich, von ihr aus dem Kindergarten abgeholt und gefragt wurde, ob er Lust hätte mit ihr dorthin zu gehen.
„Ja klar Oma, aber Dino muss mitkommen", verlangte er. Seufzend gab Oma Anneliese diesem Wunsch nach. Sie ahnte natürlich, wer auf Dino aufpassen würde.

Nachdem sie sich mit Not und Mühe endlich

einen Parkplatz erkämpft hatten, konnte das Abenteuer beginnen. Zuallererst bestaunten Oma, Enkel und Dino das riesige Angebot im Spielzeugladen. Lego, Spiele für jedes Alter, Puppen und Stofftiere, alles musste angeschaut werden. Vor allem die große Ritterburg begeisterte Tom ganz besonders. Er kletterte mehrfach hinein und wieder heraus, um mit Oma Anneliese Verstecken zu spielen. Verstecken und fangen, das waren derzeit seine allerliebsten Spiele. Davon konnte er nie genug bekommen! Schließlich gelang es Oma Anneliese und Dino aber doch ihn zum Weitergehen zu bewegen. Es gab ja noch so viel anderes zu sehen in den breiten Gängen des großen Einkaufscenters. Als nächstes wollte Tom auf ein Motorrad für Kinder steigen, welches mit zwei Autos zusammen in einer Ecke stand. Diese Fahrzeuge verfügten über einen Schlitz, in den man Geld stecken konnte, dann setzten sie sich für einige Minuten in Bewegung. Das war eine tolle Sache, fanden Tom und seine Oma. Natürlich wartete sie, mit Dino unter dem Arm geduldig, bis Tom alle Fahrzeuge ausprobiert hatte und bereit war, weiter zu gehen. Das Motorrad fand er aber „am allertollsten", wie er Oma Anneliese später anvertraute.

„Du darfst auf dem Rückweg noch einmal darauf sitzen", versprach sie ihm, aber erst einmal wollte sie weiter. Sie musste dringend in die Apotheke, weil sich bei ihr eine Erkältung anbahnte, und sie auf gar keinen Fall zum Weihnachtsfest krank werden wollte. Also gingen die drei weiter.

„Ich habe Durst", verkündete Tom. Also wurde etwas zu Trinken gekauft und eine Butterbrezel dazu. Tom und Oma Anneliese setzten sich auf eine der vielen Holzbänke, die in dem Einkaufscenter standen, damit man sich zwischendurch vom Einkaufen erholen konnte. Da konnte Tom in Ruhe seine Brezel essen und etwas trinken. Wieder sah Dino dem geduldig zu.

Dann ging es in die große Buchhandlung. Was gab es da alles zu bestaunen! Tom liebte Bilderbücher, und seine Oma war ebenfalls eine große Leseratte. Beiden gefiel auch das bunte

Holzauto sehr gut, das in der großen Kinderbuchabteilung stand. In dem konnte man sitzen und Bücher ansehen oder sich eines vorlesen lassen. Tom und Dino wollten auch das erleben, und Tom suchte mehrere Bücher aus, die er sich, natürlich wieder mit Dino zusammen, anschauen wollte. Eines las Oma Anneliese ihnen vor, und so hielten sich die drei auch in diesem Laden eine ganze Weile auf, bevor es weiter ging.

Die nächste Station machten sie bei den Pferden. Das waren hübsche Stofftiere unterschiedlicher Größe, mit denen die Kinder durch das Center reiten konnten. Die begeisterten Tom und Oma Anneliese wiederum gleichermaßen. Auch dafür wurde Tom eine zweite Runde versprochen, aber auf dem Rückweg.

Damit war Tom durchaus zufrieden. Endlich am anderen Ende des Centers angelangt, standen dort noch zwei weitere Autos und ein Motorrad, die gleichen wie am anderen Eingang. Natürlich durfte Tom die ebenfalls ausprobieren, und danach ging er mit Oma Anneliese ganz brav in die Apotheke. Der Einkauf dort war zum Glück schnell erledigt. Dino hatte bis dahin alles ohne Probleme mitgemacht und steckte immer noch fest unter dem Arm von Oma Anneliese.

Nach dem Besuch in der Apotheke wollte sie mit Tom nun langsam den Rückweg antreten, weil ja zuhause die Eltern von Tom mit dem Abendessen auf ihn warteten. Ihr Ausflug hatte viel mehr Zeit in Anspruch genommen als gedacht.
„Hier gibt`s noch ein Karussell", verkündete Tom, der sich in dem großen Center bestens auskannte und genau wusste, dass in dem Lebensmittelladen, gegenüber der Apotheke, noch ein kleines Kinderkarussell stand. "Da möchte ich noch mal drauf", rief er, und schon stürmte er los, und Oma Anneliese, voll Sorge ihren Enkel aus den Augen zu verlieren, rannte hinterher so schnell sie nur konnte. Auf diesen Augenblick hatte Dino gewartet. Plötzlich war der Druck ihres Armes nicht mehr ganz so fest, und er ließ sich, von Oma Anneliese unbemerkt, fallen. Diese rief nur aufgeregt nach Tom und

hatte ihn in dem Augenblick offenbar ganz vergessen. Da lag er nun, zwischen den hohen Regalen und sah sich um. Lange Zeit blieb ihm dafür allerdings nicht, denn schon griffen zwei andere kleine Hände nach ihm und drückten ihn fest an sich.
„Mama schau, ein Dino! Ist der süß, darf ich den behalten?", fragte ein kleiner Junge.
„Den hat sicher jemand verloren, und eigentlich müssten wir den sofort abgeben", antwortete seine Mutter zögernd. Sie wusste, dass ihr Sohn sehr traurig sein würde, wenn er dieses hübsche Plüschtier nicht behalten durfte. Sie wusste aber auch, dass ihr äußerst schmales Familienbudget es wohl kaum zulassen würde, ihm ein ähnliches zu Weihnachten zu schenken – leider! Sollte er doch diesen Dino, der ihnen quasi direkt vor die Füße gefallen war, erst einmal behalten. Das war doch fast wie ein Wink des Schicksals, fand sie. Nach einigen Tagen konnte sie ihn möglicherweise ja immer noch zurückbringen und an der Kasse abgeben. Also steckte sie den Dino kurzerhand in ihre Einkauftasche und verließ mit ihrem Sohn schnell den Laden.

Tom saß inzwischen, mit vor Begeisterung glühenden Wangen, auf dem kleinen Kinderkarussell, und endlich hatte Oma Anneliese ihn zu ihrer Erleichterung auch gefunden. Lächelnd schaute sie zu, wie er eine Runde nach der anderen drehte. Bald darauf gesellten sich noch zwei Mädchen zu ihnen, die diese Fahrten ebenso wie Tom genossen. Aber schließlich schaute Oma Anneliese doch auf die Uhr. Oh je, so spät war es schon, jetzt war es aber höchste Zeit, sich auf den Heimweg zu machen.

„Bitte Tom, zieh jetzt Deinen Anorak wieder an", bat sie, denn in seinem Eifer hatte Tom seine Jacke längst ausgezogen. So hatte sie ihre Tasche, den Anorak und Dino durch das halbe Einkaufcenter geschleppt. Dino? Wo steckte Dino?

„Tom, wo ist Dino?", fragte Oma Anneliese entsetzt und sah sich suchend um.

„Weiß ich nicht Oma, Du hast doch die ganze Zeit über auf ihn aufgepasst", verteidigte Tom sich. Auf dem Karussell hatte er ihn nicht mitfahren lassen, das wusste er ganz genau.

„Komm Tom, wir müssen jetzt sofort noch

einmal alle Gänge ablaufen, in denen wir gewesen sind", entschied Oma Anneliese.

„Aber erst ziehst Du den Anorak an, draußen ist es kalt", fügte sie noch hinzu, und dieses Mal gehorchte Tom ohne Widerspruch. Da er den Weg zum Karussell kreuz und quer durch den ganzen Markt gerannt war, wussten sie natürlich nicht, welche Gänge genau sie absuchen sollten. Also liefen sie alle noch einmal hinauf und hinunter und fragten auch an allen Kassen nach, ob jemand möglicherweise einen grünen Plüschdino gefunden und abgegeben haben könnte. Aber alle Leute die sie ansprachen schüttelten nur bedauernd mit den Köpfen. An der Rezeption des Einkaufscenters notierte sich eine nette junge Dame ihre Telefonnummer und versprach ihnen, sie sofort anzurufen, falls Dino dort auftauchen sollte.

Verständlicherweise war Tom untröstlich und wollte auf dem Rückweg weder auf das Motorrad steigen, das ihm vorhin so gut gefallen hatte, noch mochte er auf den Stoffpferden noch einmal eine Runde reiten.

Oma Anneliese verstand ihn nur zu gut! Gemeinsam mit Tom ging sie noch einmal in alle Geschäfte, in denen sie gewesen waren, obwohl sie ziemlich sicher war, Dino in dem Lebensmittelladen verloren zu haben. Es war einfach überall das Gleiche, nur bedauerndes Kopfschütteln, aber kein Dino – leider! Trotzdem mussten sie jetzt endlich nach Hause, da half alles nichts. Tom war wirklich sehr tapfer, doch es traf Oma Anneliese tief ins Herz, als er ihr traurig erklärte: „Ich werde meinen Dino wohl nie wiedersehen!"
Natürlich konnte sie ihm einen anderen Dino schenken, aber das war nicht dasselbe, das wusste sie nur zu gut.
Tom`s Eltern versprachen, seine Tante Brigitte, die ihm seinen Dino geschenkt hatte, sofort anzurufen und zu fragen, wo sie ihn gekauft hatte. Vielleicht konnte sie noch einmal den gleichen besorgen. Darauf setzte Oma Anneliese ihre ganze Hoffnung! Trotzdem fuhr sie am Tag darauf noch einmal in das große Einkaufscenter und klapperte erneut alle Läden ab, um nach dem verschwundenen Dino zu fahnden. Überall war man sehr freundlich, aber

niemand hatte Tom´s Dino gefunden. Alle versprachen, ihn sofort an der Rezeption des Centers abzugeben, falls er dort doch noch auftauchen sollte. Mutlos und sehr traurig kam Oma Anneliese heim, um Tom und seinen Eltern vom Scheitern ihrer Mission zu berichten.
„Oma bringst Du mir meinen Dino zurück?", empfing Tom sie aufgeregt, aber leider kam sie mit leeren Händen.
„Ich verspreche Dir, wir lassen uns etwas einfallen, wenn Dino nicht zurück kommt", versprach sie ihm und damit gab Tom sich vorerst zufrieden.

Die nächsten Tage vergingen, und es gab weiterhin kein Anzeichen für Dino´s Rückkehr. Am letzten Tag des alten Jahres allerdings konnte Tom seiner Oma endlich freudestrahlend berichten, dass seine Tante Brigitte es tatsächlich geschafft hatte, erneut ganz genau den gleichen Dino aufzutreiben. Das war eine Freude! Oma Anneliese polterten gleich tonnenweise schwere Steine vom Herzen; da waren ihre vielen Stoßgebete tatsächlich einmal erhört worden! Dino, beziehungsweise einer seiner Brüder, war heimgekehrt, und er hatte sogar noch einen kleinen, braunen Bruder mitgebracht. Seine Eltern erzählten Tom, dass Dino zu Tante Brigitte zurück gelaufen wäre, um von ihr wieder zu Tom gebracht zu werden. Tom war selig, seinen geliebten Dino wieder zu haben, noch dazu hatte er Verstärkung mitgebracht, besser konnte es doch gar nicht sein, fand er! Aber das große Einkaufscenter, das würden beide Dinos ganz sicher nicht mehr besuchen dürfen, soviel stand fest!

Und der andere Dino? Wir hoffen alle, dass er wieder ein so schönes Zuhause gefunden hat, wie er es bei Tom hatte. Er ist nie wieder aufgetaucht...

Katzenwinter

Paul heiße ich, und ich bin der Bruder und Beschützer von Pia. Wir haben es gut, aber neulich ist unsere schöne, kleine Welt doch erst mal bedenklich ins Wanken geraten.
Stellt Euch vor, ich wache morgens auf, kontrolliere den Fressnapf und schaue dann aus dem Küchenfenster und oh Schreck – unser Revier ist weg! Ehrlich, alles war mit einer hellen Decke zugedeckt, und man konnte nur noch die Bäume und Sträucher, die am Rand des Gartens stehen, einigermaßen erkennen. Die sind schon ziemlich groß und ragten aus der hellen Decke raus. Dann habe ich versucht, ganz schnell unseren Katzenpapa zu wecken. Er ist eine große Schlafmütze, deshalb war das gar nicht so einfach ihn wach zu kriegen. Darum konnte ich nicht nur liebevoll pfoteln, da hat er nur gebrummt, dass er gleich aufsteht, nein, da musste ich zu anderen Mitteln greifen und habe ihn einige Male angestupst und schließlich meine raue Zunge als Waschlappen eingesetzt – in seinem Gesicht – das hilft immer! Dann endlich hatte ich ihn wach und noch ganz

verschlafen hat er erst mal die Jalousie im Schlafzimmer hoch gezogen. Pia und ich haben währenddessen ganz laut gemaunzt und ihm zu erklären versucht, warum wir so aufgeregt waren. Endlich konnte er ja selber sehen, was los war, aber er war gar nicht erschrocken, im Gegenteil, der hat sich sogar gefreut!
„Toll! Der erste Schnee, ganz pünktlich zu Weihnachten", hat er gerufen und ist gleich ins Bad geflitzt, um sich anzuziehen. Wir dachten schon, er wäre krank geworden vor Schreck, so wie wir – fast jedenfalls. Der Appetit auf unser Frühstück war uns jedenfalls erst mal vergangen, Pia und mir.

Aber dann haben wir beobachtet, wie unser Katzenpapa rausgegangen ist. Der fand dieses helle Zeug ganz toll!
„Kommt raus, Ihr beiden", hat er uns zugerufen, als Pia und ich in der geöffneten Terrassentür standen und zugesehen haben, bis er wieder reinkam. Vorsichtig habe ich mich dann auch getraut erst ein Pfötchen, danach das andere in diese komische Masse zu setzen. Unser Katzenpapa wollte sich kaputtlachen, über

meine zaghaften Versuche rauszugehen. Nass war das Zeug, aber schön weich; tat gar nicht weh an den Pfötchen, wie ich es erwartet hatte. Ich bin dann einfach mitten rein gesprungen, nur mein Schwanz guckte noch raus – mutig, was? Das machte tatsächlich Spaß, hätte ich nie gedacht! War wie weiche Erde und man konnte einfach drunter her laufen und Tunnel graben für die Mäuse, damit die auch weiterhin in unser Revier finden. Vielleicht kommen sie sogar bis an die Haustür, dachte ich dabei.

Kurz darauf hat sich Pia auch getraut, und sie fand es auch toll, nachdem sie sich ein bisschen daran gewöhnt hatte nasse Pfötchen zu bekommen. Wenn es uns zu kalt wurde, dann sind wir eben wieder rein gegangen um da zu spielen.
„Das ist Schnee", hat unser Katzenpapa erklärt. Wir sind ja im Frühling geboren, Pia und ich, da war der Schnee schon lange wieder weg, Dann hat er uns auch noch gesagt, dass unser Revier immer noch da ist, und nur unter der nassen Schneedecke vergraben liegt. Wenn der Schnee wegtaut, dann erkennen wir es auch wieder. So

war das also!

Einige Tage später ist er dann mit einem großen, grünen Nadelbaum nach Hause gekommen. Der wurde dann da aufgebaut, wo sonst unser Kratzbaum steht, und der schöne Kratzbaum wanderte in eine andere Ecke der Wohnung, etwas abseits im Flur. Wir Katzen gewöhnen uns ja nicht gern um, und außerdem dachten Pia und ich erst, wir hätten einen zweiten neuen Kratzbaum dazu gekriegt. So stabil wie der alte war der neue allerdings nicht. Das haben wir gemerkt, als wir daran hoch geklettert sind und in die grünen Zweige springen wollten. Pieksig waren die ja auch noch. Dann hat unser Katzenpapa den neuen Kratzbaum auch noch mit vielen, bunten Kugeln für uns geschmückt und am Schluss lange glitzernde Fäden daran gehängt. Aber, als wir damit spielen wollten, da haben wir doch glatt was auf die Pfötchen gekriegt.
„Das ist ein Weihnachts- und kein Kratzbaum", hat er dazu gesagt. Konnten wir das denn wissen? Natürlich nicht, aber wir sind danach nicht mehr rein gesprungen, wenn er im

Zimmer war, nur ab und zu mal heimlich. Eine Kugel war unter dem Baum gekullert und mit der haben wir auch gespielt, wenn er nicht hinsah. Nur diese langen Fäden, die haben wir alle vom Baum geholt, das hat Pia und mir sooo viel Spaß gemacht! Irgendwann hat er es dann lieber aufgegeben, die immer wieder neu aufzuhängen. War besser so!

Überhaupt flog der Baum nach einigen Tagen wieder raus, und unser alter Kratzbaum stand wieder an seiner gewohnten Stelle. Eigentlich schade, wir hatten uns gerade an das grüne Piekding gewöhnt.

Kurze Zeit später war auch unser Revier wieder da, so wie wir es kannten. Aber bestimmt gibt`s noch mal Schnee, dann können wir wieder darin rumtoben. Jetzt wissen wir ja Bescheid, Pia und ich. Wir mögen den Winter ganz gern – Ihr auch?

Familienweihnacht

Solange ich mich erinnern kann, habe ich den Heiligabend immer mit den Eltern, meinen Geschwistern und deren Familien verbracht. Meine Eltern besitzen ein großes altes Bauernhaus, dessen Herzstück eine große Deele ist. Meine Großeltern haben den Hof noch bewirtschaftet, aber nachdem sich das nicht mehr lohnte, haben meine Eltern doch irgendwann beschlossen, die Landwirtschaft aufzugeben. Das Land ist zwar verkauft, aber in dem Haus leben meine Eltern immer noch. Diese Tradition, unser Familienweihnachten dort zu feiern, haben wir immer alle geschätzt. Es gab jedes Jahr einen riesengroßen, von Mutter prächtig geschmückten Tannenbaum.

„Vom Boden bis zur Decke muss er reichen und möglichst voll gewachsen soll er auch sein", das war in jedem Jahr wieder der Wunsch unserer Mutter, wenn Vater mit dem großen Schlitten und einer Axt loszog, um in unserem verbliebenen Waldstück einen Weihnachtsbaum zu schlagen.

Genau eine Woche vor dem Heiligabend musste er das tun, keinen Tag vorher und erst recht nicht später. Dann wurde der schöne, alte Weihnachtsschmuck vom Boden geholt und unsere Mutter konnte damit beginnen, ihren schönen Weihnachtsbaum herauszuputzen. Das ließ sie sich von niemandem nehmen!

Als Kind gefiel mir der Rauschgoldengel, der auf der Baumspitze thronte, immer ganz besonders gut. Er hatte lange, blonde Locken und ein wunderschönes, zartes Gesicht, wie ich fand. Diesem Engel entsprach lange Jahre mein Idealbild einer Frau. Als ich meine spätere Frau dann kennenlernte, hatte sie allerdings so gut wie keine Ähnlichkeit mit diesem Engel. Im Lauf der Jahre hatte sich mein Geschmack doch etwas gewandelt.

Am Vortag vom Heiligen Abend wurde dann die große Deele mit ganz viel frischem Tannengrün und Kerzen geschmückt, Holz für den Kamin bereit gestellt und der Tisch für die ganze Gesellschaft liebevoll eingedeckt. Es machte Mutter nach wie vor große Freude für uns alle das Weihnachtsfest auszurichten, und so hatten auch meine Schwestern mit ihren Familien und meine Frau und ich ebenfalls, diesem Wunsch nachgegeben. Selbst, wenn wir in unseren Häusern einiges anders gemacht hätten. Aber eine Änderung ihrer geliebten Traditionen hätte unserer Mutter das Herz gebrochen. Das wollte keiner von uns ihr antun, also fanden wir uns alle in jedem Jahr pünktlich bei meinen Eltern ein, um Gänsebraten, Knödel und Rotkohl zu essen. Zum Nachtisch gab es natürlich den obligatorischen Bratapfel, auch daran gab es nichts zu rütteln!

Zum Glück versteht sich unsere Familie gut, aber zu Weihnachten ist es schon ab und zu eine Geduldsprobe für den Einen oder Anderen von uns. Vielleicht kennen Sie das auch?

Aber in diesem Jahr war alles ganz anders gekommen. Der verzweifelte Anruf meines Vaters erreichte mich, als wir am ersten Advent den gemütlichen Weihnachtsmarkt in unserer kleinen Heimatstadt besuchten. Josie und ich standen gerade an der Eisbahn, einen Glühwein

in der Hand, und schauten unserer Tochter Marie zu, die uns beiden stolz und voller Begeisterung ihre gerade frischf erworbenen Schlittschuhkünste vorführte, als mein Handy klingelte und uns jäh aus dieser Idylle riss.
„Volker, Mutter ist gestürzt und hat sich das Bein gebrochen! Wir sitzen gerade im Krankenhaus in der Ambulanz", teilte mir mein Vater aufgeregt mit.
„Ach du Schreck, gerade jetzt!", entfuhr es mir.
„Was sagt Mama denn dazu, hat sie starke Schmerzen?", erkundigte ich mich und fragte meinen Vater, ob es womöglich hilfreich sein könnte zu ihnen ins Krankenhaus zu kommen.
„Nein, nein, lasst nur, aber Ihr könntet Sophie und Barbara Bescheid geben was passiert ist", bat mein Vater und versprach, sich später noch einmal zu melden.

„Oh je, was wird dann aus Weihnachten? Deine Mutter liebt es doch so uns alle bei sich zu haben", war Josie´s erste Reaktion auf diese schlimme Nachricht. Ähnlich äußerten sich auch Sophie und Barbara, als wir ihnen diese Neuigkeit am Telefon berichteten.

„Vielleicht ist es doch gar nicht so schlimm wie es jetzt aussieht", hoffte unsere Tochter Marie optimistisch.
Als Vater am späten Abend noch einmal anrief, zerschlug sich diese Hoffnung allerdings sofort. Mutter hatte sich einen äußerst komplizierten Beinbruch zugezogen und sollte erst am nächsten Tag operiert werden. Es müssten einige Schrauben und Platten eingesetzt werden, die später wahrscheinlich wieder entfernt werden sollten, wenn alles gut verheilte. Nach dieser Operation sollte sie noch einige Tage in der Klinik bleiben.

Mir sank der Mut. Wie wir von Vater erfuhren, war es auch für Mutter die reinste Katastrophe! Sie war untröstlich bei dem schrecklichen Gedanken, womöglich auf ihr innig geliebtes Familienweihnachten im gewohnten Stil verzichten zu müssen. Dieser Gedanke schmerzte sie womöglich noch mehr als ihr gebrochenes Bein, vermutete Josie, die meine Mutter in dieser Hinsicht schließlich genauso gut kannte wie wir alle. Da war guter Rat teuer.
„Wieso eigentlich?", fragte Marie erstaunt. „Es

kann doch alles sein wie immer, nur dass wir in diesem Jahr für Oma alles machen", schlug sie vor!

„Ja, klar, das ist eine gute Lösung", fand auch Josie und griff sofort zum Telefon, um Barbara und Sophie anzurufen, um ihre Meinung dazu einzuholen. Das Ergebnis dieser gemeinsamen Telefonkonferenz ergab, dass alle mit diesem Vorschlag einverstanden waren.

„Aber wer von uns kann denn für eine so große Meute kochen? Ich haben noch nie eine Gans gebraten!", gab Josie kleinlaut zu bedenken.

„Es muss doch nicht immer nur Gänsebraten sein, wir können doch alle etwas zum Essen mitbringen", beruhigte sie Barbara sofort. Diese Idee fanden ebenfalls alle sehr gut und so war auch dieses Problem schnell gelöst.

„Das ist vielleicht sogar noch besser, dann kriegt jeder was er am liebsten mag", freute sich Philipp, der Sohn meiner Schwester Barbara.

„Oh ja, Pommes esse ich auch viel lieber als Knödel", ergänzte unsere Tochter Marie. „Also habt Ihr das ja geklärt, prima", seufzte Vater erleichtert, als er erfuhr, wie wir uns geeinigt hatten.

Etwas anderes war es allerdings mit dem Weihnachtsbaum und natürlich der ganzen Festdekoration. Da hatte unsere Mutter ja auf jeden Fall ihre speziellen Vorstellungen. Dem wollten wir soweit wie möglich entsprechen.

„Vater weiß doch wo der Baumschmuck ist, und einen Tannenbaum kann er auch allein schlagen, das hat er doch immer getan", beruhigte uns Sophie. Dazu war Vater auch durchaus bereit. Was das Schmücken des Baumes anging, hatte er allerdings seine Bedenken.

„Wo der Schmuck genau liegt, das sagt sie mir bestimmt, aber ob ich dann alles nach ihren Vorstellungen an den Baum hänge, da bin ich mir nicht sicher, da ist sie ja ganz eigen, das wisst Ihr doch", befürchtete er.

„Na dann setzt Du sie einfach auf einen Stuhl neben den Baum, und sie soll Dir selbst sagen wo sie ihre Kugeln, die Kerzen und jeden einzelnen Strohstern aufgehängt haben will, so einfach ist das!", befahl ihm Barbara.

„Ja, das könnte gehen", hoffte Vater.

„Was ist mit dem gedeckten Tisch? Sie benutzt doch immer die schöne, alte Decke von

Großmutter, die bestickte aus Leinen mit der gehäkelten Spitze. Wo ist die denn? Und wo steht das Weihnachtsservice? Das muss dann auch aufgedeckt werden", verlangte Sophie.

„Das alte Silber von Oma, das bringt Mutter doch auch jedes Jahr extra wieder auf Hochglanz", erinnerte sich sogar mein Schwager Bernhard.

„Hört auf, hört auf!", stöhnte mein Vater. „Das ist viel zu viel für mich, wie soll ich das denn alles schaffen?"

„Ach Opa, wir sind doch alle bei Dir, dann kommen wir eben in diesem Jahr etwas früher und helfen Dir und Oma", beruhigte ihn Marie.

„Ja klar, die Feiertage fallen in diesem Jahr doch günstig, da können wir alle zwei Tage eher kommen, um Euch zu helfen alles vorzubereiten, damit es für Oma so ist wie immer."

Das war eine Idee von Philipp.

„Na gut, wenn Ihr meint, so könnte es vielleicht gehen", stimmte Vater uns zu, und damit war die Sache endgültig entschieden.

„Ich habe ja nie gewusst, wie viel Mühe es

macht, so ein Familienfest vorzubereiten", gestand er mir später noch unter vier Augen, als wir Mutter nach der gelungenen Operation im Krankenhaus besuchten. Als Mutter von unseren Plänen erfuhr, war sie sofort mit allem einverstanden und sehr gerührt.
„Es bleibt aber doch noch einiges zu bedenken, was ist denn mit den Plätzchen und vor allem mit den Geschenken für die Kinder?", wollte sie wissen.
„Ein paar selbst gebackene Plätzchen, die kriege ich noch hin! Sicher nicht die gleichen, die Du immer backst, das Rezept ist mir zu kompliziert, aber wenn es zum Beispiel Spritzgebäck sein kann, davon kann ich ein paar Dosen mitbringen, das reicht für uns alle. Vielleicht können Sophie und Barbara auch noch ein paar Kekse backen, dann haben wir sogar eine kleine Auswahl", beruhigte Josie meine Mutter.

Eine andere Sache waren die Geschenke. Bei einer so großen Familie wie der unseren konnte und sollte es ja ohnehin keine üppigen Weihnachtsgeschenke geben. Untereinander

hatten wir immer nur Kleinigkeiten ausgetauscht, aber Geschenke für ihre Enkel zu kaufen, das hatte unserer Mutter immer besonders viel Freude bereitet. Daran war natürlich in ihrem Zustand gar nicht zu denken.
„Wir können doch für Marie etwas von dem besorgen was auf ihrem Wunschzettel steht, und Barbara weiß sicher auch am besten, worüber Philipp sich am meisten freuen wird" meine Josie.
„Ja, so machen wir es", sagte Mutter erleichtert. Trotzdem bestand sie später noch darauf, jeden von uns noch einmal einzeln zu sich zu bitten, um uns den Auftrag zu geben, auch für unsere Partner eine kleine Weihnachtsüberraschung vorzubereiten. Sie hatte wirklich an alles gedacht, sogar von ihrem Krankenbett aus.
Die Lieblingszigarren meines Vaters, sein immer wiederkehrendes Geschenk seit Jahren, lagen längst tief hinten in ihrem Kleiderschrank verstaut. Sogar eingepackt hatte sie die Kiste schon vor einigen Wochen, gleich nachdem sie sie gekauft hatte.

Einige Tage vor dem Heiligen Abend saßen

Josie und ich im Wohnzimmer und hatten gerade die letzte Kerze am Adventskranz angezündet, als Josie noch etwas Wichtiges einfiel.

„Deine Mutter geht doch immer so gern mit uns allen in die Kirche zu dem frühen Familiengottesdienst, und die Kinder freuen sich doch jedes Jahr immer so auf das Krippenspiel. Über den Kirchgang haben wir noch gar nicht gesprochen. Was meinst Du, sollen wir uns dafür einen Rollstuhl leihen, damit sie mitgehen kann?"

„Die Idee ist super, aber in unser Auto kriegen wir so ein Ding nicht rein", gab ich zu bedenken.

„Wir nicht, aber Sophie und Stefan, die haben doch diese große Familienkutsche, die müssten doch den Rolli mitkriegen", überlegte Josie. Ein Anruf bei Sophie bestätigte dies, und um die Ausleihe eines zusammenklappbaren Rollstuhls wollte sie sich auch kümmern, versprach sie.

Endlich war der 22. Dezember da und wir trafen alle nacheinander in unserem Elternhaus ein. Schwer beladen mit Schlafsäcken für die

Kinder, Bettwäsche für uns Erwachsene, ganz vielen Essensvorräten und natürlich auch den verpackten Geschenken.

„Der Baum steht schon in der Deele und geschmückt ist er auch", strahlte Mutter uns an, als sie uns begrüßte.

„Ja, das hat mich auch Nerven genug gekostet", knurrte mein Vater leise, grinste aber dabei, als er uns willkommen hieß.

„Sophie ist schon dabei und deckt den Tisch, Josie, Du kannst ihr vielleicht dabei helfen", bat Mutter, und schon eilte Josie davon. So blieb es dann Marie und mir überlassen, das Auto leer zu räumen und unser Zimmer herzurichten. Etwas später traf auch Barbara mit ihrer Familie ein. Barbara wurde ebenfalls sofort in die Küche geschickt, zur Verstärkung von Sophie und Josie. Philipp und Bernhard bekamen die Order sich um den Rest ihrer mitgebrachten Sachen zu kümmern. Wie immer hatte Mutter uns alle fest im Griff, und schließlich war der so lang ersehnte Heiligabend da.

Wider Erwarten sträubte sich Mutter nicht, im Rollstuhl in die Kirche befördert zu werden.

Der Festgottesdienst in unserer kleinen Dorfkirche war wie jedes Jahr wieder sehr stimmungsvoll, und das Krippenspiel hatte uns allen besonders gut gefallen .Man merkte mit welchem Eifer alle kleinen Akteure dabei waren. Mit geröteten Wangen verließen die meisten Kinder das Gotteshaus, um endlich zu sehen, welche ihrer langersehnten Wünsche vom lieben Weihnachtsmann oder dem Christkind erfüllt worden waren. Das war für Marie und Philipp natürlich nicht anders, und so hatten wir Mutter vor Jahren, seitdem unsere Kinder beide da waren, den Kompromiss abgerungen, die Bescherung vor dem Essen stattfinden zu lassen. Auch in diesem Punkt waren alle sehr zufrieden, und als wir uns später dann alle wieder am festlich gedeckten Tisch versammelt hatten, da sagte Mutter glücklich: „Ach Kinder, warum habe ich mir nicht schon vor Jahren ein Bein gebrochen? Wenn alle mit planen und auch mit anpacken, dann ist es doch genau so schön! Wenn ich mich so umsehe, dann finde ich ja das Essen etwas abenteuerlich, aber so ein Büfett, das hat doch auch etwas und warum soll es eigentlich zu Weihnachten immer nur Gänsebraten und Rotkohl geben? Etwas anderes schmeckt doch genauso gut!"

Diese Reaktion überraschte uns alle zwar sehr, aber unsere Teamarbeit hatte doch wirklich prima geklappt, wie wir bei dieser Gelegenheit feststellen konnten.
„Ich habe nur Mutter zuliebe jahrelang den Gänsebraten gegessen", erzählte mir Bernhard. „Den Heringssalat, nach dem Rezept meiner Mutter, den kriegt Barbara inzwischen auch ziemlich gut hin."
„Ja, Broccoli esse ich auch viel lieber als Rotkohl", stimmte Sophie zu. „Der Auflauf, den Du damit gemacht hast Josie, der war richtig lecker!"
„Bratäpfel kann Oma aber immer noch am allerbesten", verteidigte Marie unseren altbewährten Nachtisch.
„Na bitte, so sind doch alle zufrieden, dann machen wir das doch im nächsten Jahr genau so wieder", schlug Vater vor. „Oder ist es Euch lieber, mal jeder für sich allein zuhause zu feiern?", fragte er vorsichtig.
„Nein, wieso das denn?"

„Wie kommst Du denn auf die Idee?"
„Bloß nicht, da würde uns allen doch etwas fehlen!"
„Familie und Weihnachten, das gehört doch zusammen", tönte es empört zurück.
„Und außerdem Opa, so schön wie hier ist es doch nirgends!" Mit diesem Satz beendete Marie die Diskussion und alle nickten zustimmend.
„Dann ist es ja gut", lachte Mutter und hob ihr Punschglas mit den Worten: „Prost, Vater und ich, wir hoffen noch auf ganz viele gemeinsame Weihnachtsfeste mit Euch allen auf unserer schönen Deele!"

Schöne Bescherung

Solange ich mich zurückerinnern kann, war mein sehnlichster Berufswunsch immer Weihnachtsmann; beziehungsweise in meinem Fall eher Weihnachtsfrau!
Nur vier Wochen im Jahr arbeiten und alle Menschen, vor allem die Kinder, glücklich zu machen, das fand ich toll! Leider ist dieser Wunsch so schnell geplatzt wie eine zarte Seifenblase.
Ich habe natürlich einen anderen Beruf erlernen müssen, eine Familie gegründet und diesen schönen Kindertraum irgendwann vergessen.
Dann bin ich geschieden worden, die Kinder sind aus dem Haus gegangen und schließlich fortgezogen. Weit weg, und ich bin inzwischen Rentnerin und habe viel Zeit zum Nachdenken.
Deshalb habe ich diesen schönen, alten Traum wieder ausgegraben.

Bei der Eventagentur wollten sie mich als Christkind oder noch besser als Engel einsetzten, aber das wollte ich nicht.
„Mit Kapuze, Bart und Kissen vor dem Bauch,

gebe ich ganz bestimmt den allerbesten Weihnachtsmann ab, den Sie sich denken können!", habe ich dem Fräulein da hinter dem Schreibtisch gesagt.

„Geben Sie mir doch eine Chance", habe ich sie gebeten, und das hat sie dann auch getan.

Zunächst hatte ich einige private Auftritte in Familien mit kleinen Kindern; alle sehr erfolgreich, wie ich betonen möchte. Das war vor drei Jahren. Inzwischen bin ich aber eine der gefragtesten Mitarbeiterinnen der Agentur und kann mir meine Aufträge selbst aussuchen.

So bin ich auch an meinen derzeitigen Job in dem großen Kaufhaus gekommen. Hier wird in der Vorweihnachtszeit so viel Umsatz gemacht, das ist kaum zu glauben!

Der Besitzer dieses Ladens ist ein alternder Junggeselle und echt unsympathisch dazu! Da geht es um jeden Cent, und das alles nur für diesen elenden alten Raffzahn! Der würde nie freiwillig etwas spenden oder gar einem Bettler auf dem Weihnachtsmarkt mal eine Bratwurst ausgeben, niemals, das dürfen Sie mir ruhig glauben!

So viel Geiz muss nun endlich mal gebührend

bestraft werden, finde ich! Deshalb habe ich mir etwas ganz Spezielles für ihn ausgedacht.
Er kriegt einen Denkzettel, und die Kinder in dem Waisenhaus bekommen eine richtig tolle Weihnachtsüberraschung. Super!

Ich weiß genau, dass er jeden Abend die Einnahmen selbst zur Bank bringt, weil er keinem seiner Angestellten wirklich traut. Immer um die gleiche Zeit, so präzise wie ein Uhrwerk, da kann man sich auf ihn verlassen!
Zwei Stunden nach Ladenschluss geht er los, und das gibt mir genug Zeit nach Feierabend zur Bank zu gehen und mich da in der Nähe zu verstecken, um zu warten bis er eintrifft.
Dann ein schneller Griff nach der Geldtasche und ab. In meinem Kostüm kann ich sicher ohne Probleme ganz schnell in der Menge untertauchen. Durch den Weihnachtsmarkt, direkt neben der Bank, ist die Stadt ja immer noch lange voller Menschen, zum Glück.
Sollte er sich wehren, wende ich einfach meinen speziellen Judogriff an; den hat mir mein Sohn ja mal beigebracht, für alle Fälle. Als Frau allein in einer Großstadt, da kann das

mal nützlich sein, hat er gemeint. Recht hat er, und schnell laufen kann ich auch immer noch. Ein perfekter Plan also!

Eine Woche vor Weihnachten schreite ich zur Tat. Das Kaufhaus war heute mal wieder rappelvoll, und so wird sich mein Beutezug sicher lohnen.
Außerdem habe ich beschlossen, das Geld zum großen Teil hier wieder auszugeben, wenn ich für die Kinder Spielzeug und Kleidung kaufe. Auf diesen Einkaufsbummel freue ich mich jetzt schon sehr! Auf diese Art und Weise kriegt er sogar noch einen Teil des verlorenen Geldes zurück.
Abgesehen davon hat er bestimmt eine Versicherung für solche Fälle. Im Grunde kann er mir letztlich fast noch dankbar sein, wenn er auf diese Weise doppelt kassieren kann; etwa nicht?

Es hat alles wie am Schnürchen geklappt!
Nicht mal gewehrt hat sich der blöde Kerl, er war wohl zu überrascht. War ganz einfach, wirklich! Das war aber gut so, denn den

Judogriff habe ich schon ziemlich lange nicht mehr geübt, geschweige denn angewandt, und wer weiß, ob ich das noch so hingekriegt hätte. Ich bin ja auch nicht mehr die Jüngste!
Das Ganze ist ja schließlich für einen guten Zweck, vielleicht hatte ich deshalb so viel Glück. Zuhause habe ich die Beute erst mal gezählt. Es war noch viel mehr als ich erwartet hatte – super! Davon kann ich die Waisen glücklich machen und noch viel mehr!

Am nächsten Tag ist im Kaufhaus alles wie immer. Hat er etwa den Überfall gar nicht gemeldet? Doch, am späten Nachmittag ist die Geschichte dann rum.
Eine Kommissarin ist gekommen und hat den Fall aufgenommen. Ob irgendeiner etwas gesehen hat oder gar einen Verdacht hat? Das werden wir alle gefragt, ich auch.
Aber natürlich weiß keiner etwas – von nichts. Gut so! Aber ich bin jetzt gewarnt und weiß auch, wie ich meine weiteren Pläne am besten verwirklichen kann.
Ich gebe mich einfach als Mitarbeiterin des Waisenhauses aus, denn dann kann ich größere

Mengen Puppen, Autos und Spiele einkaufen, ohne dass es auffällt.

Die Angestellten des Kaufhauses kennen mich ja sonst nur in meiner vollen Montur als Weihnachtsmann, und gesprochen habe ich mit den Verkäuferinnen ohnehin nur sehr wenig. Die waren immer viel zu beschäftigt, um auf den Weihnachtsmann zu achten.

Ja, so wird es gehen! Dafür melde ich mich morgen einfach krank. Ich bin sonst immer sehr zuverlässig, das wissen auch alle, deswegen werden sie sicher keinen Verdacht schöpfen. Dann hole ich meine blonde Perücke mal wieder aus dem Schrank und mache mich richtig chic. So erkennt mich garantiert keiner!

Na bitte, wieder mal hat alles prima hingehauen!

Nicht einer hat es für nötig gehalten zu fragen, warum ich so große Mengen Spielzeug einkaufe, da musste ich nicht mal lügen.

Im Gegenteil, die im Laden fest angestellten Verkäuferinnen kriegen ja vom Umsatz eine Provision. Damit habe ich so ganz nebenbei auch noch ein gutes Werk getan. Ist doch klasse oder etwa nicht?

Ab morgen arbeite ich dann noch einmal als Weihnachtsmann, und am Heiligen Abend, nachdem ich Feierabend habe, gehe ich nach Hause, ziehe mich um und packe mein Auto voll bis unters Dach mit den Geschenken für die Kinder.
Dann gibt's im Waisenhaus noch einmal eine schöne Bescherung. Auf die leuchtenden Kinderaugen freue ich mich jetzt schon! Ach ja, Ihnen allen auch fröhliche Weihnachten!

Der Weihnachtsmuffel

Richard Schneider war Briefträger und das mit Leib und Seele! Er hatte einen ländlichen Bezirk und konnte seine Tour bequem mit dem Rad erledigen. Auch hielt er ab und zu gern hier und dort ein kleines Schwätzchen. Er war überall als ein sehr umgänglicher Mann bekannt. Es gab allerdings ein paar Wochen im Jahr, in denen war er alles andere als gut gestimmt – im Gegensatz zu den allermeisten anderen Menschen.

„Ausgerechnet zu Weihnachten müssen die Leute ihrer buckligen Verwandtschaft Briefe oder Karten schreiben, auch wenn sie sich sonst nicht leiden können", pflegte er zu sagen. Es ließ sich nicht leugnen, seine Posttasche war in diesen Wochen sehr viel praller gefüllt, als während des übrigen Jahres, und so kam er immer später heim.

War er sonst meistens zum Nachmittagstee zurück, so deckte seine Frau jetzt schon den Tisch für das Abendbrot, wenn er nach Hause kam.

„Und überall diese vielen, meist kitschigen

Weihnachtsdekorationen und das Gedudel", schimpfte er oft vor sich hin. Seine Frau Doris nahm es gelassen, sie kannte das ja schon von ihm.

Im Gegensatz zu ihrem Mann liebte sie die Vorweihnachtszeit sehr. Sie stammte aus einem christlich geprägten Elternhaus, und deshalb setzte sie auch einiges durch, was ihr zum Fest wichtig war. So gab es natürlich auch im Hause Schneider einen großen Adventskranz und einige Engel auf der Fensterbank. Zwar wetterte Richard jedes Jahr wieder dagegen, ließ sich aber immer Doris zuliebe überreden, eine kleine Tanne zu kaufen, die sie dann liebevoll schmückte. Nur sie zum Kirchgang zu begleiten, davon hatte sie ihn bisher noch nicht überzeugen können.
„Was soll ich denn da? Ich gehe doch sonst auch nicht in die Kirche. Wenn Du es unbedingt willst, dann geh allein!", das war in der Regel sein Kommentar dazu. Für ihn bestand das Weihnachtsfest aus einigen zusätzlichen freien Tagen, nicht mehr und nicht weniger.

In diesem Jahr schien es so, als würde sich der Traum vieler Menschen von einer weißen Weihnacht erfüllen. Einige Tage vor dem Fest wurde es kalt und Schneefall setzte ein. Das machte Richard's Tour sogar noch viel beschwerlicher und seine Laune wurde entsprechend schlechter. Mühsam kämpfte er sich mit seinem schwer bepackten Drahtesel vorwärts und plötzlich geschah es. Er rutschte aus, ein Auto kam von rechts, die Bremsen quietschten, und mehr wusste Richard später nicht mehr. Der Autofahrer hatte zwar gesehen, wie der Postbote stürzte, konnte aber leider nicht mehr rechtzeitig ausweichen. Die Briefe polterten in den Schnee, wurden durchnässt, und das Rad vom guten Richard hatte auch etwas mitbekommen. Zu seinem Glück waren einige Passanten in der Nähe, die dem erschrockenen Autofahrer zur Seite standen, und sich auch um Richard kümmerten, bis der eilig alarmierte Krankenwagen und der Notarzt eintrafen. Da Richard im Dorf bekannt war, erreichte die schlimme Nachricht von seinem Unfall Doris recht schnell. Eine ihrer Nachbarinnen war in der Nähe gewesen als es passiert war, und die rief Doris sofort an, um ihr zu erzählen, was mit Richard geschehen war. So schnell sie konnte eilte Doris ins Krankenhaus und erhielt die Auskunft, dass ihr Mann gerade operiert worden war. Voller Sorge wartete sie darauf, dass ihr ein Arzt Auskunft geben konnte, wie es um Richard stand. Endlich stand der verantwortliche Mediziner vor ihr und teilte Doris mit, dass ihr Mann letztlich doch noch großes Glück gehabt hatte. Der Sturz hätte auch einige Kopfverletzungen zur Folge haben können, das wäre weitaus schlimmer gewesen. So hatte er sich zwar ein Bein gebrochen und zusätzlich einen Bänderriss im Knie zugezogen, aber das würde heilen. Allerdings könnte es einige Wochen dauern, bis Richard wieder hergestellt sein würde. Oh je, welch ein Weihnachtsfest, dachte Doris. Trotzdem war sie dankbar, dass Richard offensichtlich einen Schutzengel gehabt hatte.

Einige Stunden später, als sie an seinem Krankenbett saß, sagte sie genau das zu ihm. Ungläubig sah Richard sie an und nickte dann langsam.

„Vielleicht hast Du tatsächlich recht, denn als ich das Auto auf mich zu rutschen sah, dachte ich einen Moment lang, das wäre das Ende."
„Das wäre es ja auch beinahe gewesen", bestätigte ihm der Arzt, der in diesem Augenblick zur Tür hereinkam.
Sie haben großes Glück gehabt, Herr Schneider, wirklich! Eine ganze Kompanie von Schutzengeln hat das verhindert, würde ich sogar sagen. Die hat Ihnen weitaus Schlimmeres erspart. Seien Sie dankbar dafür!", riet er ihm noch, bevor er sich mit dem Hinweis, der Patient brauche jetzt dringend Ruhe, von Doris und Richard verabschiedete.
„Ich komme dann morgen wieder", versprach Doris ihm und ging. Sie ließ einen sehr nachdenklichen Richard zurück.
Als sie am nächsten Nachmittag sein Zimmer betrat, empfing er sie mit folgenden Worten: „Der Doktor sagt, ich darf zu den Feiertagen nach Hause! Bitte sorge dafür, dass wir einen Tannenbaum bekommen. Vielleicht kann Dir unser Nachbar von nebenan helfen ihn aufzustellen. Ja, und in die Kirche möchte ich auch. Mit Krücken wird es schon gehen, wenn

Du mich stützen kannst. Denkst Du, das geht?"
Doris konnte es kaum fassen, das war ja eine erstaunliche Kehrtwende, die ihr Mann da gerade vollzog. Konnte das denn wahr sein? Ungläubig sah sie ihn an.
„Meinst Du wirklich?", fragte sie schüchtern.
„Ja, das meine ich, und die alte Frau Krause von gegenüber, die laden wir dann am Heiligen Abend auch noch zu uns ein, sie ist doch so allein. Das wolltest Du doch schon lange, nicht wahr? Doris, ich finde, Du hast recht. Weihnachten ist ein schönes Fest!"

Als Richard tatsächlich am Heiligen Abend entlassen wurde, klingelte es kurz nach dem Mittagessen an ihrer Haustür, und ein Paketbote brachte ein großes Paket für Richard.
„Hast Du etwas bestellt?", wunderte sich Doris.
„Ja, leg es unter den Weihnachtsbaum", bat Richard sie. Kopfschüttelnd tat Doris worum er sie gebeten hatte. Gegenseitige Geschenke hatten sie doch schon vor langer Zeit abgeschafft. Lediglich einen Kasten mit Pralinen hatte sie besorgt – für Frau Krause, weil sie damit rechnete, dass die nette, alte

Dame sicher nicht ohne ein kleines Präsent für sie erscheinen würde.

Der Kirchgang verlief zum Glück ohne Schwierigkeiten. Das herbei gerufene Taxi brachte Doris, Richard und die alte Frau Krause bis vor die Kirchentür, und der Fahrer war auch, wie versprochen, pünktlich zurück, um die drei wieder abzuholen. Als sie später gemeinsam vor dem festlich geschmückten Tannenbaum saßen, forderte Richard Doris auf, das Päckchen zu öffnen, dass sein Kollege mittags gebracht hatte. Gespannt sah er ihr dabei zu, und freute sich riesig über seine gelungene Überraschung, als Doris vorsichtig den wunderschönen Porzellanengel auspackte, den er für sie bestellt hatte. Zu seinem Glück war der gerade noch rechtzeitig geliefert worden. Sie hatte sich diesen Engel schon sehr lange gewünscht, das wusste er.
„Tut mir leid, dass ich mein Geschenk nicht weihnachtlich verpacken konnte, aber wenigstens ist es ja doch noch pünktlich angekommen."
„Ein Schutzengel, ja das ist in diesem Jahr

bestimmt das beste Geschenk für Ihre Frau", bestätigte ihm auch Frau Krause. Doris nickte nur, sah ihren Engel an und flüsterte: „Oh Richard – danke!"
Dabei glitzerten Tränen in ihren Augen, und in dem Augenblick wusste Richard, dass er genau das Richtige getan hatte.

Hüttenweihnacht

Jens war sehr verliebt in Ulrike! Jetzt kam es nur noch darauf an, ob sie seinen ultimativen Test bestand, wie er es für sich ausdrückte. Er hatte von seinen Eltern eine alte Jagdhütte geerbt. Die befand sich in einem kleinen Ort in Österreich. Als kleiner Junge hatte er dort mit seinen Eltern sehr viele unvergessliche Weihnachtsfeste erleben dürfen. Die Hütte hatte sein Großvater einst errichtet, der auch noch selbst zur Jagd gegangen war. Der Vater von Jens zog es allerdings vor, das Wild lieber in Ruhe zu lassen. Er ging aber gern mit einem Fernrohr zu dem Hochsitz, um von dort Rehe oder ab und zu auch einen Hirsch zu beobachten. Jens tat es ihm gleich; auch er mochte die Jagd nicht, zog sich aber immer mal wieder gern für ein paar erholsame Tage dorthin zurück. Die Jagdrechte hatte nun eine Familie im Dorf erhalten, die im Gegenzug dafür die Hütte in Schuss hielt, und wenn Jens dorthin kam, auch dafür sorgte, dass er alles Nötige dort vorfand. Das war für beide Teile eine sehr befriedigende Abmachung.

Jens hatte bisher dieses Refugium immer für sich allein behalten wollen und noch nie eine junge Dame mit hierher gebracht, aber Ulrike wollte er die Hütte gern zeigen. Mit ihr war es ihm ernst, sehr ernst sogar! So hatte er geplant, einige Tage vor dem Heiligen Abend mit ihr dorthin zu fahren, um mit ihr die Feiertage dort zu verbringen. Ob sie dann ihren Aufenthalt bis zum Jahreswechsel verlängern würden, konnten sie später noch entscheiden. So hatte er Ulrike erst vor Kurzem erzählt, dass er in den Bergen diese alte Hütte besaß und sie gefragt, ob sie ihn zu Weihnachten dorthin begleiten wollte. Sie war sofort begeistert von dieser Idee. So hatte Jens seinen alten Freund Xaver angerufen und ihn gebeten, den Kühlschrank in der Hütte entsprechend aufzufüllen. „Milch, Obst, frisches Gemüse, Eier und etwas Aufschnitt, wie immer?", erkundigte sein Freund Xaver sich vorsorglich.

„Ja, und kauf bitte auch eine gute Flasche Champagner", bat Jens.

„Oh, so ernst ist es Dir?", staunte Xaver.

„Könnte sein, mal sehen, vielleicht", gab Jens ausweichend zur Antwort. Er wusste, auf Xaver und seine Frau Maria konnte er sich verlassen. Auch auf deren Diskretion, falls seine Hoffnungen fehlschlagen würden. Wenn er mit Ulrike ankam, wäre die Hütte bestimmt blitzsauber, die Betten mit der warmen, karierten Bettwäsche frisch bezogen und der Kühlschrank bis zum Rand voll. Um einen ordentlichen Holzvorrat würde Xaver sich bestimmt auch kümmern.

„Weihnachten in den Bergen, das war schon immer mein Traum! Ich freue mich sehr darauf", hatte Ulrike geschwärmt. Deshalb hatte Jens seinen Freund auch gebeten, einen Tannenbaum in die Hütte zu bringen. Der alte Silberschmuck, mit dem seine Mutter die Christbäume seiner Kindheit geschmückt hatte, war bestimmt noch da, und falls sie ihn nicht finden sollten, dann würden Ulrike und er eben im Ort neue Kugeln besorgen. Um Kerzen oder eine Lichterkette müssten sie sich eventuell ohnehin kümmern.
Am Samstag vor dem vierten Advent ging ihre gemeinsame Reise los.
„Hast Du auch genug warme Sachen und vor

allem feste Schuhe eingepackt?", erkundigte Jens sich vorsichtshalber bei Ulrike.
„Na klar, was denkst Du denn? Wir fahren doch in die Berge und nicht an die Adria", antwortete ihm Ulrike lachend. „Meine Highheels hebe ich mir lieber für eine andere Gelegenheit auf", setzte sie noch hinzu, und so konnte Jens beruhigt den Wagen starten.

Sie kamen gut durch, und einige Stunden später rollte sein Auto auf den Marktplatz des kleinen Ortes, in dessen Nähe seine Jagdhütte mitten im Wald stand.
„Von hier müssen wir das letzte Stück zu Fuß weiter. Es führt kein Fahrweg bis zur Hütte. Man kommt höchstens mit einem Schlitten hin. Nimm erst mal das Wichtigste mit, den Rest können wir später noch holen", bat Jens Ulrike.
„Klar, gar kein Problem", meinte Ulrike und schnappte sich die kleinere ihrer beiden Reisetaschen. Jens hatte ohnehin nur ein Gepäckstück, weil ständig ein Teil seiner Garderobe in der Hütte blieb. Mühsam kämpften sich beide durch den hohen Schnee. Es hatte erneut sacht zu schneien begonnen und

bald würde die Dunkelheit hereinbrechen. Nach etwa zwanzig Minuten kam die Hütte in Sicht. Der Schornstein qualmte, also hatte Xaver auch den Ofen bereits für sie angeheizt.
„Ist das schön hier", sagte Ulrike bewundernd. „Ich hatte mir Deine Hütte viel kleiner vorgestellt."
„Na ja, riesig ist sie nicht, aber wir haben uns hier immer sehr wohl gefühlt", antwortete Jens. „Komm lass uns rein gehen und uns erst mal aufwärmen!"
Vor der grünen Haustür klopften sie sich den Schnee von der Kleidung und traten ein. In dem alten Bullerofen prasselte lustig ein loderndes Feuer, und ein großer Korb mit weiteren Holzscheiten stand bereit. Auf dem Tisch stand einladend eine Schale mit rotbackigen Äpfeln, und ein kurzer Blick in den Kühlschrank zeigte Jens, dass Xaver wirklich großzügig eingekauft hatte. Der erbetene Champagner war natürlich auch dabei. In der einen Ecke des großen Wohnraumes stand eine hohe, wunderbar gewachsene Tanne, die nur noch darauf wartete geschmückt zu werden. Staunend sah Ulrike sich um.

„Ich finde es sehr gemütlich und kann mir gut vorstellen hier die Weihnachtstage zu verleben – mit Dir!", sagte sie fröhlich und gab Jens einen herzhaften Kuss.
„Das hatte ich gehofft", meinte Jens. „Komm, ich zeige Dir den Rest und dann kannst Du erst mal auspacken. Außerdem habe ich langsam auch Hunger, Du auch?"
„Frische Luft macht hungrig ", stimmte Ulrike ihm zu.

Am nächsten Morgen, nach einem herzhaften Frühstück, schlug Jens ihr vor, in den Ort hinunter zu laufen, um den Rest des Gepäcks zu holen.
„Bei der Gelegenheit können wir auch Xaver und Maria guten Tag sagen" ergänzte er.
„Klar, gern. Dann können wir uns gleich bei den beiden bedanken, dass sie alles so toll für uns hergerichtet haben."

Als sie im Ort angekommen waren, zeigte Jens seiner Ulrike zunächst einmal das Dorf.
„Seit ein paar Jahren gibt es sogar einen Supermarkt", erzählte Jens ihr. Eine Apotheke,

natürlich eine Bäckerei, der auch ein kleines Café angegliedert war, ein Blumenladen und sogar ein Textilgeschäft konnte das Dorf auch aufweisen.

„Im goldenen Hirschen kann man gut essen, und die meisten Dörfler feiern hier auch ihre Hochzeiten, runde Geburtstage und andere festliche Anlässe", erklärte Jens weiter. Er wies auf ein großes Gebäude, das im klassizistischen Stil erbaut worden war. Direkt daneben befand sich die kleine Dorfkirche.

„Es ist eine Barockkirche, und von innen ist sie wirklich prächtig ausgestattet. Besonders der geschnitzte Altar und der Taufengel sind sehr sehenswert", berichtete Jens mit Stolz in der Stimme.

„Heute Nachmittag ist hier ab 14.00 Uhr wieder Adventssingen. Das ist eine uralte Tradition an jedem Sonntag vor Weihnachten. Wenn Du Lust hast, dann können wir hingehen."

„Gern, und wenn wir später dann hierher zurückkommen, möchte ich mit Dir nach dem alten Weihnachtsschmuck schauen."

„Natürlich, aber vielleicht gefällt er Dir ja auch gar nicht oder im Lauf der Zeit sind einige

Kugeln zu Bruch gegangen. Ich habe ihn lange nicht mehr hervorgeholt", gab Jens zu bedenken.
"Am besten wir sehen erst mal was davon noch zu gebrauchen ist, dann können wir immer noch entscheiden, ob wir etwas ergänzen oder nicht", antwortete Ulrike ihm.

Dann standen sie vor Xavers Haustür und Jens betätigte den Türklopfer.
"Haben sie denn gar keine Klingel?", staunte Ulrike.
"Nein, da achtet Xaver auch auf Tradition. Früher waren hier im Dorf die Türen immer alle offen. Man kannte und vertraute sich. Wenn Besuch kam, dann konnte es nur ein Nachbar oder ein guter Freund sein, aber inzwischen haben sich sogar hier die Zeiten ein wenig geändert. Es kommen ja auch mehr und mehr Touristen her. Zwar immer noch nicht in Massen, aber langsam wird auch dieser Ort von ihnen entdeckt."
Schon während Jens noch sprach, erschien Maria an der Tür, um ihre Gäste ins Haus zu bitten. Xaver folgte ihr auf dem Fuße.

„Jens, wie schön Dich mal wieder hier zu haben! Du hast jemanden mitgebracht, wie ich sehe", begrüßte Maria sie herzlich und reichte ihnen die Hand. Xaver freute sich ebenfalls den alten Freund bei sich zu haben und fragte gleich: „War in der Hütte alles in Ordnung? Du bist Ulrike, nicht wahr? Ich freue mich sehr Dich kennen zu lernen!"
„Kommt doch erst mal rein", schaltete Maria sich nun wieder ein. „Ihr könnt gern zum Mittagessen bleiben, es ist genug da", lud sie ihre Gäste ein.
„Kommt Ihr mit zum Adventssingen? Das ist immer sehr schön in unserer kleinen Dorfkirche", erkundigte Xaver sich.
„Doch, das hat Jens auch gesagt, und ich würde es gern erleben", antwortete Ulrike. i
„Prima, dann ist es abgemacht. Ihr bleibt zum Essen da, und anschließend gehen wir alle zusammen hin. Es gibt heute übrigens Schweinebraten mit Knödeln, den macht niemand so gut wie Maria", lobte Xaver seine bessere Hälfte. „Habt ihr gestern das ganze Gepäck mitnehmen können? Sonst leihe ich Euch den Schlitten von Toni, dann müsst Ihr

das nicht bis zur Hütte hoch schleppen", schlug Xaver vor.

„Das ist eine gute Idee, warum habe ich nur gestern nicht schon daran gedacht", ärgerte sich Jens.

„Ist doch egal, so schlimm war das doch nicht", beruhigte ihn Ulrike. Von Jens Freunden so herzlich aufgenommen, fühlte sie sich sehr wohl, und so nahmen sie und Jens die Einladung zum Mittagessen gern an.

Pünktlich gingen sie dann in die Kirche, um mit an dem Adventssingen teilzunehmen. Schnell füllte sich das keine Gotteshaus bis auf den letzten Platz, und sie waren froh, so zeitig gekommen zu sein. Dann wurden Zettel mit Liedertexten verteilt, damit alle mitsingen konnten. Der Kirchenchor der Gemeinde war wirklich außergewöhnlich gut, fand Ulrike. Da sie die meisten Lieder allerdings nicht kannte, beschränkte sie sich in der Hauptsache darauf zuzuhören und sich in der schönen Kirche umzusehen. Die war wirklich prächtig, aber dennoch nicht überladen. Genau wie Jens ihr gesagt hatte. Natürlich war sie mit viel Gold, bunten Glasfenstern, sowie schönen Malereien an den Wänden und der Kuppel über dem Altar geschmückt. Auch den Taufengel fand sie einzigartig. Er breitete seine großen Flügel schützend aus und hielt eine flache, silberne Wasserschale in den Händen. Solange keine Taufe stattfand, schwebte er hoch über den Köpfen der Besucher. Große Kronleuchter hingen von der Decke. Allerdings waren sie nicht angeschaltet, denn die ganze Kirche wurde ausschließlich vom warmen Licht der aufgestellten Kerzenleuchter und natürlich von den echten Kerzen am Christbaum erhellt, der neben dem Altar stand. Der riesige Baum war über und über mit Strohsternen und sogar mit teuren, echten Bienenwachskerzen geschmückt, die ganz wunderbar dufteten. Hier möchte ich mal heiraten, schoss es Ulrike durch den Kopf. Ob Jens sie wohl bald fragen würde? Ihre Antwort darauf stand jedenfalls schon lange fest!

„Es war eine tolle, sehr stimmungsvolle Adventsstunde. Schön, dass ich das erleben durfte", bedankte Ulrike sich bei Jens, als sie aus der Kirche kamen.

„Früher waren wir fast jedes Mal dabei, es freut mich, dass es Dir gefallen hat", erwiderte Jens.

Die Einladung von Maria und Xaver noch auf einen Kaffee mit zu ihnen zu kommen, lehnten Jens und Ulrike allerdings ab.

„Ich möchte nicht im Dunkeln bis zur Hütte stiefeln müssen", erklärte Jens, und auch dafür hatten seine alten Freunde vollstes Verständnis. Erschöpft, aber überglücklich kamen Jens und Ulrike am späten Nachmittag wieder in ihrer Hütte an.

„Jetzt brauche ich erst mal einen schönen heißen Kakao, und dann schmücken wir den Tannenbaum, was meinst Du dazu?", fragte Jens. Ulrike hatte keine Einwände, und nachdem sie sich mit Kakao und Keksen gestärkt hatten, war auch der Baumschmuck schnell gefunden. Lediglich bei zwei Kugeln fehlte das Band zum Aufhängen, aber das war schnell repariert. Silbern funkelnd stand der Christbaum schließlich vor ihnen. Die Kerzen hatten ja auch lange Jahre im Karton geschlummert, aber das hatte ihnen nicht geschadet.

„Möchtest Du den Schmuck noch ergänzen oder vielleicht doch lieber eine elektrische Lichterkette?"

„Nein, auf keinen Fall. Die echten Kerzen finde ich viel schöner und überladen möchte ich den Baum keinesfalls. Er ist perfekt, genauso wie er ist – wunderschön!", strahlte Ulrike. Jens atmete auf, denn das war auch sein Gedanke gewesen, als der den Baum ansah. Der Zauber, den das Weihnachtsfest in seiner Kindheit für ihn gehabt hatte, den konnte er über die Jahre nicht festhalten, aber jetzt an Ulrikes Seite, verspürte er wieder einen Hauch davon - wie schön!

Zwei Tage später war Heiligabend, und Jens hatte, mit Ulrikes Hilfe, die alte Krippe noch aufgestellt.

„Das haben wir früher auch immer erst am Heiligen Abend gemacht", erzählte er ihr.

„Ich finde es sehr schön, alte Traditionen aufrecht zu erhalten", bestätigte sie ihm.

„Ja, das finde ich auch, deshalb habe ich mit Xaver abgemacht, dass er uns morgen Nachmittag mit seinem großen Schlitten zu einer Tour abholt. Das gehörte bei uns immer zum Weihnachtsprogramm. Dabei wurden die Krippen für das Wild mit frischem Heu aufgefüllt. Aber wenn Du keine Lust auf eine Schlittenfahrt hast, dann kann ich ihm auch absagen."

„Aber nein, wieso denn? Eine Schlittenfahrt ist doch total romantisch! Von so etwas habe ich schon lange geträumt; wirklich, ich würde sehr gern mit Dir durch den verschneiten Winterwald fahren!", gestand Ulrike ihm.

„Das ist doch fast so wie in meinem Lieblingsmärchen Es heißt drei Nüsse für Aschenbrödel. Kennst Du das?"

„Na klar, das fand meine Mutter auch immer so schön" erinnerte sich Jens.

„Wie schade, dass ich sie nicht mehr kennen gelernt habe!", bedauerte Ulrike.

Kurz nach dem Mittagessen machten die beiden sich erneut auf den Weg, um an dem Weihnachtsgottesdienst teilzunehmen. Wie erwartet, war das kleine Kirchlein wieder sehr voll. Der Gottesdienst verlief zwar etwas anders als gewohnt, war aber auch hier sehr stimmungsvoll; und als sie später vor dem brennenden Christbaum saßen, stellte Jens seiner geliebten Ulrike endlich mit klopfendem Herzen die alles entscheidende Frage. Ihre zustimmende Antwort machte ihn sehr glücklich, und nachdem er ihr den zarten Weißgoldreif mit dem Brillanten über ihren schmalen Finger gestreift hatte, wussten sie beide, dass dieser Heiligabend ganz sicher nicht ihr letztes Hüttenweihnachten gewesen war!

Paket mit Herz

Frau Pietsch saß an ihrem Küchentisch und dachte nach. Vor sich hatte sie den Wunschzettel ihres Sozialverbandes. Was um Himmels Willen sollte sie sich nur wünschen? Schon lange gehörte sie dieser Gruppe an und war auch immer gern zu den Zusammenkünften gegangen, vor allem zu der Zeit als ihr Mann noch dabei sein konnte. Aber nun war sie schon lange Jahre allein – ihr Friedrich war ihr voraus gegangen. Seitdem fühlte sie sich oft ziemlich einsam.

Dann fiel ihr Blick durch das Fenster nach draußen. Eigentlich haben wir einen richtigen Bilderbuchwinter, dachte sie. Ein strahlend blauer Himmel wölbte sich über der dick verschneiten Landschaft. Die letzte Nacht war zudem ausgesprochen kalt gewesen, und die Bäume und Sträucher im Garten waren dadurch dick mit Raureif überzogen. Richtig malerisch sah das aus, fand Frau Pietsch. Allerdings dachte sie auch an die Autofahrer, die bei diesem Wetter nur mit Mühe ihre Scheiben frei

bekommen würden. Zwar waren die meisten Hauptstraßen inzwischen weitestgehend eisfrei, aber die kleinen Nebenstraßen, so wie die in der Frau Pietsch wohnte, die wurden leider schon lange nicht mehr gestreut.
„Zu teuer", hatte der Herr im Rathaus auf ihre Anfrage nur kurz und bündig erklärt. Daher konnte sie in diesen Tagen nur mit Mühe aus dem Haus gehen und hatte dabei immer die Angst, wieder zu stürzen und sich erneut etwas zu brechen, so wie vor zwei Jahren. Seither traute sie sich bei solchem Wetter nur ungern nach draußen.

Seufzend wandte sich dann wieder ihrem Wunschzettel zu. Das war eine Aktion ihrer örtlichen Tageszeitung, die jährlich stattfand und sehr beliebt war. Verschiedene Gruppen aller gemeinnützigen Sozialeinrichtungen, Heime, Kindergärten und auch kirchliche Institutionen hatten dabei die Möglichkeit ihre Mitglieder Wunschzettel ausfüllen zu lassen, die allerdings einen bestimmten Betrag nicht überschreiten sollten. Diese Wunschzettel wurden bei der Zeitung gesammelt und lagen dann ab Ende November in der Redaktion bereit. Alle Leute, die diese Aktion gern unterstützen wollten, konnten die Wunschzettel durchsehen und einen oder mehrere davon mitnehmen. Meistens waren alle Wunschzettel schon vor dem letzten Abholtag vergriffen, so hatte sie gehört. Die Bereitschaft Gutes zu tun und damit anderen eine Freude zu machen, war offenbar immer noch groß – zum Glück, fand Frau Pietsch.

Im letzten Jahr hatte sie sich eine CD mit Weihnachtsliedern gewünscht und sie auch erhalten. Dazu noch einige weihnachtliche Süßigkeiten und eine schöne Karte mit guten Wünschen und Grüßen zum Fest. Darüber hatte sich Frau Pietsch sehr gefreut, aber in diesem Jahr wollte und wollte ihr einfach kein vernünftiger Wunsch einfallen, so sehr sie sich auch darum bemühte.
Daher schrieb sie kurz entschlossen auf:

Ich wünsche mir einfach nur eine nette Überraschung!

Dann legte sie den Wunschzettel beiseite, um ihn übermorgen, beim nächsten Treffen ihrer Gruppe, mitzunehmen. Die Leiterin der Gruppe würde die Wunschzettel dann sicher weiter leiten.

Zwei Tage später war es wieder soweit. Einmal im Monat trafen sich die Mitglieder der Gruppe im Gemeindehaus.
„Bitte bringen Sie alle Ihre Wunschzettel spätestens beim nächsten Mal mit, sonst ist es zu spät, und sie können nicht mehr berücksichtigt werden!", hatte Frau Hübner alle bei ihrer letzten Zusammenkunft gemahnt.
Also nahm Frau Pietsch gehorsam ihren ausgefüllten Wunschzettel, um ihn in ihre Handtasche zu stecken, damit sie ihn nicht vergaß. Dabei hatte sie doch noch eine Idee. Ob das Sinn hatte? Einen Versuch war es allemal wert, entschied sie und notierte ihren eigentlichen Weihnachtswunsch auf dem weißen Zettel.
Dann wurde es allerhöchste Zeit aus dem Haus zu gehen, denn ihre Freundin Elsbeth wartete schon ungeduldig vor dem Haus. Sie hatte

gerade die Hupe ihres kleinen Autos betätigt, weil sie meinte, Frau Pietsch hätte ihre Ankunft nicht bemerkt. Vorsichtig ging Frau Pietsch hinaus und stieg ein – geschafft! Auf der Straße war es immer noch gefährlich glatt, fand sie. Elsbeth bestätigte ihr das und fuhr dann langsam los. Sie fragte Frau Pietsch, ob sie denn an die Abgabe des Wunschzettels gedacht hatte.

„Ja, na klar", gab Frau Pietsch ihr Auskunft.

„Und, was hast Du Dir gewünscht?", forschte Elsbeth weiter.

„Ach nur eine nette kleine Überraschung – ich brauche ja eigentlich nichts", sagte Frau Pietsch zögernd. Elsbeth nickte und meinte: „Hast recht, in unserem Alter bleibt nicht mehr viel zu wünschen übrig!" Dann sprachen sie über andere Dinge.

Drei Wochen später, kurz vor dem vierten Advent, sollte die Weihnachtsfeier ihrer Gruppe stattfinden. Wieder fuhren die beiden alten Freundinnen gemeinsam zu diesem Termin. Als sie im Gemeindesaal eintrafen, sahen sie sofort, dass in einer Ecke des großen Raumes ein Tisch aufgebaut war, auf dem sich schon sehr viele, bunt verpackte Weihnachtspäckchen türmten. Eine Menge, bunter, liebevoll eingepackter Weihnachtsgrüße wartete darauf, an ihre Empfänger weiter gegeben zu werden. Wie immer hatten Frau Hübner und ihre Helferinnen alles sehr schön vorbereitet. Nicht zuletzt deshalb gingen Frau Pietsch und Elsbeth so gern zu diesen Zusammenkünften. Die langen Tische waren weiß eingedeckt, mit viel Tannengrün, Strohsternen und roten Kerzen geschmückt, und auf jedem Platz stand ein Teller mit weihnachtlichen Leckereien. Das war das jährliche Geschenk des Sozialverbandes für seine Mitglieder. Genau wie immer war die Atmosphäre sehr einladend, stellte Frau Pietsch fest. Dann steuerten sie und Elsbeth auf ihre Stammplätze zu.

Als alle eingetroffen waren, wurden sie von Frau Hübner wieder sehr herzlich begrüßt. Ein Weihnachtslied wurde gesungen und dann sogleich auch die Kaffeetafel eröffnet. Die aufgetragenen Kuchenteller leerten sich schnell, und anschließend las Frau Hübner noch eine schöne Weihnachtsgeschichte vor. Danach sollte die Bescherung stattfinden. Dazu stand Frau Hübner auf und nahm ein Päckchen nach dem anderen in die Hand und rief den Namen derjenigen auf, für die es bestimmt war. Keiner ging leer aus. Abgemacht war, dass alle ihre Geschenke erst zuhause öffnen sollten, damit auch Leute wie Frau Pietsch, die keine Familie hatten, zum Weihnachtsfest eine kleine Freude haben würden. Wenn jemand sich zuhause nicht daran hielt, war das natürlich seine Sache. Nachdem alle ihre Päckchen erhalten hatten, wurde noch einmal gesungen, und dann ging man mit gegenseitigen guten Wünschen für die Feiertage auseinander.

Elsbeth lebte ebenfalls allein, aber ihre Tochter wohnte mit ihrem Mann in der Nähe, darum hatte sie Frau Pietsch immer ein wenig beneidet, denn Elsbeth würde am Heiligen Abend dort sein. Aber am ersten Weihnachtstag trafen sich die Freundinnen regelmäßig, um dann auch gegenseitig ihre Gaben aus der Weihnachtsaktion zu bewundern. Ab und zu hatten sie auch schon einige Dinge getauscht.

„Also dann, am ersten Weihnachtstag bei mir", verabschiedete Frau Pietsch sich von ihrer Fahrerin, als Elsbeth sie vor ihrer Haustür absetzte.

„Vergiss Dein Päckchen nicht", erinnerte Elsbeth sie.

„Wo denkst Du hin – ich freue mich doch schon darauf es am Heiligen Abend auszupacken", versicherte ihr Frau Pietsch und stieg aus.

Als sie später an ihrem Lieblingsplatz in dem gemütlichen, großen Ohrensessel neben dem Wohnzimmerfenster saß, überlegte sie einen kurzen Augenblick doch, ob sie das Päckchen schon öffnen sollte. Eigentlich glaubte sie ja nicht daran, dass es etwas Sensationelles enthalten würde, aber man konnte ja nie wissen! Du bist doch kein Kind mehr und wirst es doch wohl noch bis Weihnachten aushalten können, schalt sie sich selbst in Gedanken. Dann stand sie auf und brachte das geheimnisvolle Paket in ihre Vorratskammer, damit sie nicht womöglich doch der Versuchung erliegen und den mit hübschem Geschenkpapier verzierten Karton vorzeitig auspacken konnte.

Dann war es endlich soweit, der Heilige Abend war gekommen, und Frau Pietsch fühlte eine seltsame Unruhe in sich, so wie seit vielen Jahren nicht mehr. Wieso nur? Das konnte sie sich beim besten Willen nicht erklären. Alles war wie immer an diesem Tag. Es war noch immer bitter kalt, aber inzwischen war sogar ihre kleine Straße einigermaßen eisfrei, so dass sie es wagen konnte, zu Fuß zum Gottesdienst zu gehen. Das hatte sie nur selten versäumt, denn das Krippenspiel und ein Blick in die vielen erwartungsvollen Kindergesichter brachten sie am besten in weihnachtliche Stimmung bevor sie heim kam. Zuhause hatte sie zwar auf einen Weihnachtsbaum verzichtet, aber ein üppiges Adventsgesteck, das hatte sie sich geleistet. Es stand jetzt auf dem Tisch in ihrem gemütlichen Wohnzimmer und wartete nur darauf, dass sie die Kerzen entzündete. Außerdem hatte sie auch das geheimnisvolle Weihnachtspäckchen vor dem Kirchgang dazu gestellt, denn heute durfte sie es ja aufmachen. Für den morgigen Besuch von Elsbeth hatte sie ebenfalls schon alles vorbereitet. Der Kuchen duftete bereits verheißungsvoll in der Küche, und sogar ein paar Kekse hatte sie noch gebacken. Alles Wichtige war vorbereitet, also konnte sie jetzt den Heiligen Abend in aller Ruhe genießen.

Zuallererst ging sie in die Küche, um sich ihre Würstchen zu dem Kartoffelsalat heiß zu machen. Dieses traditionelle Essen vieler Leute am Heiligen Abend hatte sie auch nach dem Tod ihres Mannes beibehalten. Nach dem Essen ging sie ins Wohnzimmer, legte sich ihre CD vom letzten Jahr mit den Weihnachtsliedern auf und zündete die Kerzen auf dem Gesteck an. Anschließend holte sie ihr Geschenkpaket hervor. Mit klopfendem Herzen öffnete sie es. Gleich mehrere, sehr hübsch verpackte, kleinere Päckchen fielen ihre entgegen. Sie löste bei allen äußerst vorsichtig das Schleifenband und wickelte eines nach dem anderen langsam und genussvoll aus. Sie freute sich über jede dieser Gaben die dabei zum Vorschein kamen. Ein dezent gemustertes Seidentuch, dazu noch ein Buch mit Weihnachtsgeschichten, sowie ein hübscher Kalender und einen ganz besonderen Weihnachtstee hatte man ihr geschenkt. Alles

sehr schön – bestimmt; aber nichts wirklich Aufregendes, dachte Frau Pietsch. Es wäre ja auch zu schön gewesen, falls ihr Wunsch tatsächlich an die richtige Adresse geraten wäre, damit musste sie sich eben abfinden. Vielleicht konnte sie es ja im nächsten Jahr noch einmal versuchen.
Unter all den Geschenken, ganz unten im Karton lag noch ein Brief. Sicher eine Weihnachtskarte, dachte Frau Pietsch erneut, während sie danach griff und öffnete den goldenen Umschlag ohne weitere Erwartungen. Eine edle Hochglanzkarte mit winterlicher Landschaft zog sie daraus hervor. Die Karte fand sie auch sehr schön und schlug sie auf, um den Innentext zu lesen. Einige Augenblicke später wurden ihre Augen plötzlich feucht. Ihr privater Weihnachtswunsch war tatsächlich in Erfüllung gegangen!

Das Päckchen hatte ein junger Mann für sie gepackt. Er schrieb, er sei Mitte dreißig und alleinerziehend. Sein Sohn Leo war jetzt vier Jahre alt. Seine Frau hatte ihn und Leo schon vor zwei Jahren verlassen und weitere

Verwandte gab es nicht, so berichtete er. Sein Sohn wünschte sich schon lange eine Oma und ganz zaghaft fragte er an, ob sie, Frau Pietsch, diese Rolle vielleicht übernehmen wolle. Sie könne ihn und Leo gern vorher kennenlernen und sich dann entscheiden, schlug er ihr vor. Na und ob sie das wollte, nur zu gern! Der junge Vater hatte eine Adresse und dazu auch seine Telefonnummer mit angegeben. Wie sich herausstellte, wohnte er mit seinem Sohn gar nicht weit von hier. Nur ein paar Straßen entfernt, das war ein zusätzlicher Glücksfall! Da Frau Pietsch seit langem alle Wege zu Fuß erledigte, kannte sie auch diese Straße. Ob sie sich trauen sollte noch heute dort anzurufen? Der junge Mann hatte ihr so nette Zeilen geschrieben, was gab es da noch zu überlegen? Eigentlich nichts, dachte sie, während sie schon zum Telefon griff und die angegebene Nummer wählte. Schon nach dem dritten Läuten nahm jemand ab, und eine sympathische Stimme meldete sich: „Schmidt, guten Tag?"
„Hier spricht Frau Pietsch. Sie haben für mich das Paket mit Herz gepackt. Dafür möchte ich mich sehr herzlich bei Ihnen bedanken Herr

Schmidt. Ja, und die Oma von Leo, die wäre ich auch sehr gern!", sprudelte sie atemlos hervor.

„Damit geht ja auch Leo´s allergrößter Weihnachtswunsch in Erfüllung, wie schön!", lachte Herr Schmidt am anderen Ende der Leitung. Dann fragte er, wann Leo denn seine neue Oma kennenlernen dürfe.

„Wenn Sie wollen, sofort", rief Frau Pietsch spontan und fügte hinzu: „Würstchen und Kartoffelsalat sind auch noch genug da, wenn Sie mögen."

„Gerne sogar, wir sind nicht verwöhnt und selbst gemachten Kartoffelsalat habe ich schon lange nicht mehr gegessen, aber stören wir Sie auch wirklich nicht?", erkundigte er sich vorsichtshalber noch einmal bei Frau Pietsch.

„Bestimmt nicht, ich freue mich sehr darauf, Sie und Leo kennenzulernen", versicherte Frau Pietsch ihm schnell. Sie war in diesem Augenblick unbeschreiblich glücklich! Herr Schmidt versprach, in etwa einer Stunde mit Leo bei ihr zu sein und damit beendeten sie das Telefonat. Frau Pietsch überlegte, sie hätte so gern ein Geschenk gehabt, vor allem für Leo! Aber wo sollte sie so schnell etwas Passendes hernehmen? Dann hatte sie eine richtig gute Idee! Als Erstes wollte sie dem Jungen einen Besuch in dem großen Aquarium vorschlagen, dafür würde sie ihm einen Gutschein schreiben. Sie hoffte, das würde ihm gefallen! Für seinen Vater fand sie noch eine Flasche Wein in ihrem Keller, damit hatte sie für beide eine Kleinigkeit in der Hand - schließlich war Weihnachten!

Und morgen konnte sie Elsbeth eine tolle Neuigkeit berichten – die würde sicher staunen!

Ein Geschenk für meinen Mann

Ich bin sicher, dass Sie meine Damen, dieses Problem auch kennen; jedenfalls viele von Ihnen. Es tritt jedes Jahr erneut wieder auf; was schenke ich meinem Liebsten nur zum Weihnachtsfest? Also beginne ich frühzeitig damit ihn deshalb zu löchern. Spätestens Anfang November starte ich den ersten Versuch, meinem Mann einen Wunsch zu entlocken mit der Frage: „Hast Du in diesem Jahr einen bestimmten Wunsch zum Weihnachtsfest, Schatz?" Meistens folgt dann erst eine Zeitlang Funkstille oder es kommt die brummige Antwort: „Wieso, ich brauche nichts, ich bin wunschlos glücklich, ich habe doch alles!"

Sehr aufschlussreich, aber leider keine Hilfe bei der Lösung meines Problems. Also versuche ich es einige Zeit später erneut, in der Regel aber mit dem gleichen Ergebnis. Von Woche zu Woche werde ich dann vertröstet, mit dem Hinweis: „Bis nächste Woche ist mir bestimmt etwas eingefallen und dann sage ich es Dir sofort!"

Von mir erwartet er natürlich jedes Jahr einen ellenlangen Wunschzettel, damit sich der Herr nicht die Mühe machen muss, sich selbst etwas auszudenken. Natürlich wird das dann damit erklärt, dass er ja keinesfalls riskieren möchte, dass ich eventuell von seinem Geschenk enttäuscht sein könnte. Da geht er lieber von vorn herein auf Nummer sicher, denn falls die von mir gewünschte Lektüre sich doch als Reinfall entpuppen sollte, dann trifft ihn wenigstens keine Schuld daran. Da er im Grunde ja recht hat, finde ich es für mich auch durchaus akzeptabel einen Wunschzettel zu schreiben, obwohl ich mich natürlich über eine schöne Überraschung ganz bestimmt auch freuen würde! Aber ich hätte gern auch von ihm ein paar Anregungen, denn ein Weihnachtsfest ganz ohne Geschenke, das finden wir beide ganz und gar undenkbar! -
Auch die berühmten SOS-Geschenke für Herren wie Socken, Oberhemd und Schlips, finden wir absolut unromantisch und deshalb ist das auch keine Alternative. Bisher ist es uns zum Glück noch immer gelungen, uns

gegenseitig eine Freude zu machen - und das immerhin schon einige Jahrzehnte lang, denn die silberne Hochzeit haben wir längst hinter uns gelassen.

Im letzten Jahr war es wieder mal soweit. Alle anderen Geschenke für die Kinder und Enkel ruhten längst festlich verpackt in der hintersten Ecke des Kleiderschrankes, als mir endlich auch für meinen Göttergatten die Erleuchtung kam. Ich hatte mir immer schon, allerdings leider bisher vergeblich, einen häuslichen Mann gewünscht. Für die Generation nach uns ist es zum größten Teil selbstverständlich den Haushalt gemeinsam zu bewältigen, so konnten wir uns schon einige Male von der Kochkunst unseres Schwiegersohnes überzeugen, während mein Mann sich damit sehr schwer tut. Er grillt zwar ganz gern und macht auch gute Bratkartoffeln, das muss ich ihm lassen, aber damit erschöpfen sich seine lukullischen Möglichkeiten weitestgehend. Dafür isst er leidenschaftlich gern, vor allem raffinierte Desserts haben es ihm angetan. Darauf baute meine Geschenkidee auf. Durch einen Zufall hatte ich das Heft der Volkshochschule unseres Nachbarortes in die Hände bekommen und durchgeblättert. Dabei weckte ein Kochkurs, speziell für Männer, mein Interesse. Der stand unter dem Motto „Süßes für die Süße" und war wohl in der Hauptsache dazu gedacht, mit diesen Köstlichkeiten eine Dame verführen zu können. Egal, es ging doch um leckere Nachspeisen, das war doch die Idee! Warum sollte ich mich, auch als altgediente Ehefrau, in Zukunft nicht einmal von meinem Mann mit Muosse au Chocolat, Tiramisu, Kaffee-Whisky-Creme oder auch Ananas-Träumen verwöhnen lassen? Ich besprach diese Idee mit meiner besten Freundin Karin, deren Ehemann ähnlich wie meiner gepolt ist. Sie fand die Idee grandios und so beschlossen wir, unseren Männern in diesem Jahr zum Weihnachtsfest die Teilnahme an einem solchen Kurs zu schenken. Und gemeinsam würden die beiden möglicherweise noch mehr Spaß daran finden, so hofften wir.

Dann kam der von Karin und mir mit größter Spannung erwartete Heilige Abend. Anfangs war mein lieber Mann recht verblüfft, als er den Gutschein auswickelte, den ich ihm gebastelt hatte, aber die Aussicht, sich bald seine heiß geliebten Nachspeisen tatsächlich jederzeit selbst zubereiten zu können, überzeugte ihn schließlich. Außerdem tröstete ihn sicher der Gedanke, dass sein Freund Jochen ja auch an diesem Kurs teilnehmen würde, und so freute er sich tatsächlich auch über dieses Geschenk von mir. Ein Anruf bei Karin ergab, dass es ihr mit Jochen ähnlich ergangen war, und so waren wir beide guten Mutes letztlich doch das Richtige getroffen zu haben.

Der Kurs hat unseren Männern großen Spaß gemacht, und im nächsten Sommer können Karin und ich uns sicher auf etliche gemeinsame Grillabende auf der Terrasse mit vielen leckeren Desserts freuen; dann von liebevollen Männerhänden auch für uns zubereitet.

Aber was schenken wir den beiden nur in diesem Jahr?

Rettungsaktion am Heiligen Abend

Plitsch und Platsch hießen eigentlich Piet und Onno, aber alle diejenigen, die diese beiden kannten, nannten sie nur bei ihren Spitznamen. Das hatte sich einfach so eingebürgert. Die beiden Männer verband bereits seit ihren frühesten Kindertagen eine sehr tiefe und herzliche Freundschaft.

Plitsch wohnte im alten Leuchtturm der Insel, und Platsch lebte unweit davon in einem kleinen Haus hinter den Dünen. Für beide war es das elterliche Haus und früher war der Leuchtturm natürlich auch in Betrieb gewesen. Inzwischen ersetzte ihn allerdings ein neuer, der moderner und technisch wesentlich besser ausgestattet war. Plitsch liebte seinen alten Turm über alles und hatte sich strikt geweigert dort auszuziehen, also ließ man ihm diesen Spleen; zumal er tat was er konnte, um das alte Gebäude von seinen bescheidenen Mitteln instand zu halten. Seit seinem Sportunfall vor Jahren bezog Plitsch eine kleine Rente. Er war damals so unglücklich gestürzt, dass er für mehrere Monate ans Krankenbett gefesselt war. „Un dat ook noch up`n Festland", pflegte er zu sagen. Seinen eigentlichen Beruf, er war Krabbenfischer, konnte er danach nicht wieder aufnehmen. Im Sommer besserte er seine Kasse damit auf, dass er geführte Wattwanderungen für die zahlreichen Besucher anbot, die dann die Insel bevölkerten.

Platsch besaß eine Strandkorbvermietung, und wenn die Touristen in der Saison anlandeten, hatte er voll zu tun. Inzwischen gab es sogar immer mehr Urlauber, die auch und gerade im Winter die Ruhe der Inseln zu schätzen wussten. Allerdings gab es nur wenige, die im Schnee ihren heißen Tee oder den Eiergrog im Strandkorb genießen wollten. So hatte er dann viel Zeit, die er meistens mit seinem Freund Plitsch verbrachte. So half er ihm auch gelegentlich die Reparaturen an dem alten Leuchtturm durchzuführen. Beide waren jetzt Ende dreißig und immer noch ledig. Die Inselschönheiten hatten sich längst anders entschieden. Ab und zu hatten beide zwar eine kleine Sommeraffäre, aber hängen geblieben war noch keine der Fremden, und die beiden Freunde konnten sich beim besten Willen nicht vorstellen, ihre geliebte Insel zu verlassen. Besser leben ließ es sich nirgendwo auf der Welt, davon waren Plitsch und Platsch fest überzeugt!

„Moin! Kommst Du heute zum Turm?" erkundigte Plitsch sich bei seinem Kumpel, als sie sich am Heiligabend in der Bäckerei der Insel trafen.
„ Moin! Klar, wann?"
„Drei Uhr!"
„Soll ich noch was mitbringen?"
„Nee, lass man, hab alles da!"
Damit war alles Wichtige gesagt.

Ungemütlich war es morgens schon und im Laufe des Tages wurde es keinesfalls besser. Im Radio gab es sogar eine Sturmwarnung. So etwa am späten Nachmittag sollte das angekündigte Sturmtief die Insel erreichen.
„Hoffentlich kommt die letzte Fähre noch pünktlich", sorgte sich die Bäckersfrau. Ihre Tochter Elke arbeitete auf dem Festland und

wollte den Heiligabend zuhause auf der Insel bei ihren Eltern verbringen.

„Wird schon", tröstete sie Platsch, bevor er sich verabschiedete, und zu Plitsch gewandt, sagte er: „Bis später, Tschüss."

„Tschüss auch."

Pünktlich wie immer erschien Platsch am Leuchtturm, um dort mit seinem Freund den Heiligen Abend zu verbringen. Wie immer gab es erst mal eine starke Tasse Tee mit Kluntjes. Wortkarg saßen sich die beiden Freund gegenüber und genossen die Stille. Viele Worte waren zwischen ihnen nicht nötig, was beide sehr schätzten. Das Wetter draußen wurde jetzz langsam wirklich ungemütlich, aber da beide ja nicht mehr raus wollten, konnte ihnen das egal sein. Ein Blick auf den großen alten Regulator an der Wand sagte Plitsch, dass nun wohl bald die letzte Fähre einlaufen würde. Ob sie danach noch einmal zum Festland zurückkehren konnte, war allerdings fraglich. Es konnte ihnen egal sein; er und Platsch saßen hier gemütlich und warm im Trockenen. Jedenfalls bis sie plötzlich ein ziemlich lautes, schepperndes

Geräusch vernahmen und beide aus ihrer Ruhe aufgeschreckt wurden.

„Wat is da denn los?", fragte Plitsch alarmiert.

„Bestimmt nix Gutes, darauf möchte ich wetten! Komm, lass uns mal nachsehen!", bestimmte Platsch sofort und schon stand er auf, um seine Stiefel und sein Ölzeug zu holen. Sein Kumpel tat es ihm gleich, und beide machten sich auf den kurzen Weg zu dem kleinen Hafen der Insel.

Schnell war klar, was geschehen war. Die Fähre hatte es zwar gerade noch geschafft, ihren Liegeplatz zu erreichen, war aber von einer starken Böe an die Hafenmauer gedrückt worden und hatte auch einige Beschädigungen abbekommen. Zwei junge Frauen standen zitternd und äußerst verängstigt am Kai. Die eine weinte, während die andere tröstend ihren Arm um sie zu legen versuchte.

„Die Meereswoge ist ziemlich angeschlagen, die läuft heute bestimmt nicht mehr aus, noch dazu bei dem Wetter!", informierte sie der Hafenmeister, der natürlich sofort herbeigeeilt war, um zu schauen was passiert war.

„Ein kleiner Hund soll noch mit an Bord gewesen sein, aber der ist beim Schaukeln der Meereswoge wohl irgendwo ins Wasser gefallen; deswegen ist die Deern da so unglücklich" erklärte er bedrückt.

„Aber vielleicht hat er es ja doch geschafft an Land zu paddeln. Wir müssen ihn sofort suchen", rief die eine der jungen Frauen.

„Mann sinnig, bei dem Sturm. Ich bin jedenfalls froh, wenigstens bis hierher so halbwegs heil und gesund gekommen zu sein"; war die lapidare Antwort des alten Kapitäns der Meereswoge. Mit diesen Worten wandte er sich zum Gehen.

„Was denkst Du, könnte er es bis ans Ufer geschafft haben?", fragte Platsch leise.

„Eher nicht, aber wir sollten trotzdem nach ihm suchen, solange es noch nicht ganz dunkel ist wenigstens", gab Plitsch zurück. Er hatte Mitleid mit dem Hund und ebenso mit seiner Besitzerin. Hübschen Frauen in Not konnte er ohnehin nur sehr schwer widerstehen.

„Aber ich komme mit", meldete sich die Hundebesitzerin nun entschlossen zu Wort. „Ich

bin übrigens Insa, meine Eltern betreiben hier seit kurzem wieder den Inselkrug", fügte sie hinzu. Und an ihre Freundin gewandt, bat sie: „Geh Du doch bitte schon mal zu meinem Eltern und erkläre ihnen die Situation. Unsere Reisetaschen kann mein Vater später holen. Ich komme nach so schnell ich kann, aber ich habe keine Ruhe, solange ich nicht weiß, ob ich Micky nicht doch wieder bekommen kann!"
Dann stiefelte sie schnell hinter den beiden Männern her.

„Wo ist er denn über Bord gegangen?", erkundigte sich Platsch.
„Das ist ja das Schlimme, ich habe es erst gar nicht bemerkt. Elke und ich waren die einzigen Passagiere auf der Fähre und deshalb habe ich Micky einfach rumlaufen lassen. Er ist doch noch so jung und verspielt. Er ist ein Mischling und sehr lieb. Ich habe ihn auch erst seit kurzem. Wir müssen ihn finden – bitte!"
Plitsch hatte sich vom Hafenmeister ein starkes Fernglas geliehen, bevor sie sich auf den Weg gemacht hatten. Jetzt suchte er damit die Wellen ab, aber es war nichts zu sehen, also stapften sie

weiter. Plötzlich rief Insa: „Da, da ist doch was, ich sehe da etwas Dunkles im Wasser!"

„Wo?", fragte Plitsch und riss das Fernrohr sofort hoch.

„Da drüben, etwas weiter nach links", befand Insa.

„Doch, da ist ein Schatten, aber noch ist der zu weit weg, ich kann es nicht genau erkennen", meinte Platsch.

„Zeig her, meine Augen sind vielleicht besser als Deine", verlangte Insa aufgeregt.

„Können wir nicht ein kleines Boot holen und damit noch einmal rausfahren?", fragte sie hoffnungsvoll.

„Du bist gut, bei dem Wind wäre das Wahnsinn", gab Platsch ihr zur Antwort.

„Aber...", protestierte Insa, verstummte aber sofort, als sie den Blick sah, den Platsch ihr daraufhin zuwarf. Der dunkle Schatten war inzwischen näher gekommen und Plitsch hob noch einmal das Fernrohr.

„Doch, ich glaube wirklich, das könnte er sein. Ein tapferer kleiner Kerl ist das, den Du da hast."

„Gib mir das Fernrohr, bitte", rief Insa

aufgeregt. „Doch, jetzt erkenne ich ihn ganz deutlich, das ist mein Micky! Bitte rettet ihn! Bitte...!!!"
Dazu ein flehender Blick aus ihren braunen Augen; mehr brauchte es nicht, um Plitsch zu überzeugen.
„Ich wage es, ich kann nicht zuschauen, wenn ein hilfloses Tier ertrinkt. Wir holen jetzt sofort mein Boot. Bis zum Leuchtturm ist es ja nicht mehr weit. Hilfst Du mir? Los, lass uns jetzt nicht in Stich!", beschwor er seinen Freund, der ihn zweifelnd ansah.
„Na gut", war die lakonische Antwort seines Kumpels.
„Ich auch", entschied Insa sofort.
„Nee, Du bestimmt nicht" tönte es ihr sogleich zweistimmig entgegen.
„Sonst laufen wir gar nicht erst aus, das ist schon für uns beide gefährlich genug", versuchte Plitsch Insa klar zu machen.
„Aber..." versuchte sie noch einmal einzuwenden, wurde aber sofort von Platsch unterbrochen.
„Kommt gar nicht in Frage und Schluss!"
Nur widerstrebend fügte Insa sich. Als sie sah,

dass die beiden Freunde das Boot aus dem Schuppen holten, bekam sie doch ein schlechtes Gewissen. Was war, wenn den beiden auch noch etwas geschah?

Platsch drückte ihr sein Schlüsselbund in die Hand und befahl: „Wir brauchen alle sofort was Heißes, wenn wir zurückkommen. Setz uns einen starken Tee auf und warte hier auf uns. Du wirst Dich in meiner Küche schon zurechtfinden. Im Turm oben ist auch noch das alte Fernrohr, von da aus kannst Du vielleicht unsere Rettungsaktion verfolgen."

Endlich war das Boot im Wasser und Insa sperrte die Tür des Leuchtturmes auf. Muss romantisch sein, hier zu wohnen, dachte sie, und betrat die kleine, aber funktional eingerichtete Küche. Schnell fand sie auch die Utensilien, die sie brauchte, um den gewünschten Tee zuzubereiten. Bei dem überstürzten Aufbruch von Plitsch und Platsch waren ja Teekanne und Tassen ohnehin auf dem Tisch stehen geblieben. Aber wo war das Fernrohr? Die schmale Treppe führte noch ein Stockwerk höher und Plitsch hatte doch gesagt, das Fernrohr sei oben im Leuchtturm. Endlich hatte sie es gefunden und richtete es aus. Tatsächlich, diese Nussschale von einem Boot hielt sich ebenso tapfer, wie ihr kleiner Hund Micky. Beide bewegten aufeinander zu. Sicher spürte Micky, dass er von den Männern im Boot Hilfe erwarten konnte. Voller Bewunderung sah Insa, wie Plitsch versuchte, das kleine Boot möglichst nah an ihren Liebling heran zu steuern, ohne ihn dabei zu verletzten. Inzwischen wusste sie schon gar nicht mehr, um wen sie sich mehr sorgen sollte; um Micky oder die beiden Freunde. Die riskierten wirklich viel, um ihren kleinen Hund zu retten! Vor Angst schlug ihr Her immer schneller. Warum nur hatte sie Micky nicht angeleint? Sie hatte inzwischen ein ganz schlechtes Gewissen bekommen. Es war allein ihre Schuld, wenn diese Sache nicht gut ausgehen sollte, darüber war sie sich durchaus im Klaren. Insa´s Eltern hatten den urigen alten „Dorfkrug" ja erst seit einigen Monaten vom Vorbesitzer übernommen, und daher war sie noch nie hier auf der Insel gewesen. Elke, die Tochter der Bäckersfamilie, hatte sie auf der Fähre kennen gelernt. Die beiden jungen Frauen hatten sich gleich gut verstanden, und so hatte Insa Elke ihren Liebeskummer anvertraut. Deshalb wollte sie einige ruhige Tage auf der Insel verbringen. Darüber hatte sie ihren Micky eine Weile glatt vergessen, weshalb sie sich jetzt die größten Vorwürfe machte. Wieder sah sie durch das Fernrohr. Jetzt schien es so, als hätte das Boot den kleinen Hund endlich erreicht. Gleich darauf sah Insa entsetzt, dass eine Gestalt ins Wasser sprang. Wer es war, das konnte Insa auch durch das Fernrohr nicht erkennen. Sie hielt den Atem an und betete: „Lieber Gott, lass das gut gehen, bitte, bitte!!!"

Während dieses Stoßgebetes hatte sie für einen Augenblick die Augen geschlossen. Jetzt riss sie die Augen auf, und schaute gerade im richtigen Moment wieder durch das alte Fernrohr um zu sehen, wie der andere Mann auf dem Boot ihren Micky entgegennahm und danach seinem Freund wieder an Bord half. Wie gebannt sah sie zu! Das Boot kämpfte jetzt immer heftiger mit den Wellen, die beträchtlich an Stärke zugenommen hatten. Jetzt durfte einfach nichts Schlimmes mehr geschehen!

Langsam, aber unaufhörlich kam das Boot dem Leuchtturm näher und Insa atmete erleichtert auf. Plitsch und Platsch schienen alles unter Kontrolle zu haben. Sie würden es gewiss schaffen - sie mussten es einfach schaffen – schließlich war heute doch Weihnachten!

Als Insa sicher war, dass die drei in den nächsten Minuten nun bei ihr sein würden, erinnerte sie sich wieder an ihren Auftrag und ging erneut in die Küche, um nach dem Tee für die Heimkehrer zu sehen. Den hatten sie sich redlich verdient! Dann zog sie ihren Anorak an und ging hinaus vor die Tür.

Sie kam gerade rechtzeitig nach draußen, um zu sehen, wie Platsch das Boot mit Mühe ans Ufer zog und dort vertäute. Plitsch kam ihr entgegen. „Das war echt knapp, aber er ist zäh, Dein Kleiner", sagte er zu Insa und legte ihr das zitternde und auch völlig verängstigte, pitschnasse, Fellbündel in die Arme.
„So`n Schietwetter aber auch! Trotzdem endlich

frohe Weihnachten", wünschte ihr auch Platsch, als er ins Haus kam.

„Ja Euch beiden auch frohe Weihnachten und vielen, vielen Dank! Wie können Micky und ich Euch das je wieder gut machen?", fragte Insa die sichtlich erschöpften Männer. Sie strahlte, während sie ihren Micky fest an sich drückte.

„Das passt schon, trinken wir erst mal einen Tee zusammen", antwortete Plitsch und zwinkerte ihr dabei zu.

„Aber noch mal kriegen mich keine zehn Pferde mehr vor die Tür", verkündete Platsch.

„Raum ist in der kleinsten Hütte und genug zu essen habe ich auch da – machen wir es uns also gemütlich", schlug Plitsch vor und fügte an Insa gewandt hinzu: „Du solltest allerdings Deinen Leuten Bescheid geben, dass alles in Ordnung ist. Dein Vater kann Euch ja später noch abholen, wenn Du das willst."

Ob sie das wirklich wollte, das wusste Insa in dem Augenblick gar nicht so recht. Es gefiel ihr gut im Leuchtturm und Plitsch gefiel ihr ebenso. Er hatte viel Herz und war zudem noch mutig, das hatte ihr sehr imponiert. Aber im „Dorfkrug" anrufen, das musste sie auf jeden

Fall, das war klar. Ihre Eltern würden sich bestimmt schon die allergrößten Sorgen machen! Nach dem Anruf konnte sie immer noch entscheiden, ob sie an diesem Heiligen Abend hier blieb. -

Ein kurzes „Wau", das war Mickys einziger Kommentar zu den Ereignissen, bevor er in dem gemütlich eingerichteten Wohnzimmer des Leuchtturmes vor dem bullernden, großen Specksteinofen einschlief.

Fröhliche Weihnachten!

Das Christkind

Ilka und Nils erwarteten ihr erstes Kind. Mitte Januar sollte es soweit sein. Ilka fühlte sich sehr gut, und hatte auch noch Lust sich in den vorweihnachtlichen Trubel in der Stadt zu stürzen, sogar am 24. Dezember. So betrat sie kurz vor Ladenschluss noch einmal das große Kaufhaus, um ein zusätzliches Geschenk für Nils zu erstehen, das ihr buchstäblich noch im allerletzten Moment eingefallen war.

Plötzlich überfiel sie aber eine Welle der Übelkeit, und sie beschloss, doch lieber zuerst die Damentoilette aufzusuchen. Kaum war sie dort angekommen, sackte sie auch schon ohnmächtig zusammen und erwachte erst eine ganze Weile später. Alles um sie herum war dunkel und still. Was war geschehen, und wie spät war es denn schon um Himmels Willen? Vorsichtig tastete Ilka sich vorwärts und fand schließlich einen Lichtschalter, den sie betätigen konnte. Ein schneller Blick auf ihre Armbanduhr sagte ihr, dass seit dem Ladenschluss bereits geraume Zeit vergangen war. Schnell verließ sie die Toilette, um zu schauen, ob möglicherweise doch noch jemand vom Personal da war. Eine Putzfrau vielleicht? Nein, es schien niemand mehr da zu sein. Klar, heute am Heiligabend wollten alle schnellstens nach Hause. Panik befiel Ilka. Nils hatte extra seine Schicht mit einem Kollegen getauscht, damit er an diesem Abend bei ihr sein konnte. Er würde sicher längst zuhause sein und voll Sorge auf ein Lebenszeichen von ihr warten.

Hatte sie wenigstens ihr Handy dabei? Schnell durchwühlte sie ihre Handtasche. Gott sei Dank, da war es ja, aber hier im Keller hatte sie derzeit keinen Empfang. Vielleicht im nächsten Stockwerk? Nur mühsam schleppte Ilka sich vorwärts. Jetzt endlich ging der Ruf raus, und einige Augenblicke später vernahm Ilka die aufgeregte Stimme ihres Mannes Nils.
„Ilka? Meine Güte Ilka, was ist denn los? Wo steckst Du? Ist alles in Ordnung?"
„Nils, ich bin hier im Kaufhaus Griesmann eingeschlossen, Du musst mich schnellstens hier rausholen, bitte!", rief sie.
„Wo bist Du? Was machst Du denn da?",

vergewisserte Nils sich ungläubig.

„Doch, ich bin wirklich hier, aber warum, das erkläre ich Dir später. Ich bin auf der Toilette ohnmächtig geworden, und als ich wieder wach geworden bin, da war niemand mehr da, deshalb bin ich eingeschlossen worden. Hol mich hier raus, bitte!", schluchzte Ilka.

„Liebling, bleib ganz ruhig. Ich komme sofort, und irgendwie kriegen wir Dich da auch wieder raus", versuchte Nils seine völlig aufgelöste Frau zu beruhigen.

„Geht es Dir auch wirklich gut?", wollte er dann noch einmal wissen.

„Ja doch, mir geht's wieder gut, aber ich will jetzt endlich hier raus und nach Hause – es ist schließlich Weihnachten!", schluchzte Ilka.

„Du versuchst jetzt bis zum Haupteingang zu kommen, und da wartest Du dann auf mich. Wenn draußen noch Leute entlang gehen sollten, dann versuch bitte sie auf Dich aufmerksam zu machen. Ich bin so schnell es geht bei Dir", versprach Nils und legte auf.

In seiner Not rief er die Feuerwehr an. Sein Freund Jürgen arbeitete dort, der würde Rat wissen. Aber ob Jürgen heute Dienst hatte? Er war Junggeselle und an den Feiertagen bekamen natürlich zuallererst immer die Familienväter dienstfrei, also rechnete Nils sich gute Chancen aus Jürgen zu erreichen, und es war tatsächlich sein Glück dass Jürgen sogar Dienst in der Zentrale hatte. Er meldete sich gleich, als Nils mit zitternden Händen die Notrufnummer gewählt hatte. Jürgen war natürlich genau so erschrocken wie Nils und versprach sofort die Kollegen zu bitten, den Inhaber des Kaufhauses oder jemand anderen ausfindig zu machen, der Ilka befreien konnte. Vorsorglich würde er auch einen Krankenwagen dorthin schicken. Ilka war hochschwanger, und so ein Schock konnte böse Folgen für sie haben, da sollte man besser nichts riskieren, fand er. Natürlich war Nils damit sehr einverstanden. Gleich rief er Ilka noch einmal an, damit auch sie Bescheid wusste.

Einigermaßen beruhigt, weil Hilfe unterwegs war, suchte Ilka währenddessen den Haupteingang des Kaufhauses. Wo immer sie einen Lichtschalter fand, drückte sie sofort darauf, um damit deutlich zu machen, dass hier etwas ganz und gar nicht stimmte. Tatsächlich, diese Idee hatte Erfolg, denn als sie die große Glastür des Haupteinganges erreichte, kam sie gerade noch rechtzeitig um zu sehen, dass ein Krankenwagen vor der Tür hielt und Nils kleines, rotes Auto um die Ecke bog. Gleichzeitig hörte sie die Sirene eines Polizeiautos heulen, bevor sie erneut in Ohnmacht sank.

Das Kaufhaus verfügte über eine sehr moderne Alarmanlage, bei der an bestimmten Stellen Sensoren angebracht waren, die auf Wärme reagierten. Dadurch wurde bei der Polizei und bei einem privaten Wach- und Schließdienst ein stiller Alarm ausgelöst, durch den eventuelle Einbrecher nicht gleich gewarnt wurden. Zu ihrem Glück hatte Ilka, während sie durch das dunkle und verlassene Kaufhaus irrte, im Kaufhaus einige dieser Lichtschranken passiert und dadurch automatisch die Polizei und den Wachdienst alarmiert. Schnell waren die Männer vor Ort und trauten ihren Augen kaum, weil keine Diebe, sondern eine hochschwangere junge Frau den Alarm ausgelöst hatte. Mit ihrem Generalschlüssel öffneten die beiden Wachleute die Tür, und sofort waren Nils und zwei Rettungssanitäter mit einer Trage an Ilkas Seite.

„Wir bringen sie besser ins Klinikum, das war ein großer Schock für Ihre Frau und es sollte auch abgeklärt werden, warum sie ohnmächtig geworden ist. Sie können gern hinter uns her fahren", schlug einer der Männer Nils vor.

„Das ist sicher besser so", gab Nils ihm recht, obwohl er wusste, dass Ilka damit bestimmt nicht einverstanden sein würde.

Die kam gerade wieder zum Bewusstsein, als sie auf ihrer Trage in den bereit stehenden Krankenwagen geschoben wurde.

„Hast Du Schmerzen?", erkundigte Nils sich besorgt bei ihr.

„Nein, das eigentlich nicht, aber so ein leichtes Ziehen, das spüre ich schon den ganzen Tag über", antwortete Ilka.

Dann erzählte sie kurz, wie sie in diese missliche Lage geraten war, denn natürlich war es ihr sehr peinlich, diesen Großalarm ausgelöst zu haben.

„Das war wirklich leichtsinnig von Dir, nur um noch eine zusätzliche Kleinigkeit für mich zu kaufen, Liebling", schimpfte Nils liebevoll mit Ilka, sah sie dabei aber sehr zärtlich an.
„Aber ich fühlte mich doch gut, als ich losgegangen bin", wandte Ilka ein.
Die Männer vom Wachdienst standen währenddessen grinsend daneben.
„Ob noch etwas nachfolgt, das können wir nicht entscheiden, aber einen Bericht über diesen Vorfall müssen wir auf jeden Fall schreiben", informierte sie einer der beiden Wachleute.
„Dasselbe gilt für uns auch, trotzdem fröhliche Weihnachten für Sie und alles Gute für Ihre Frau!", wünschten die Polizisten, bevor sie sich zum Gehen wandten.
„Na ja, das ist schon klar, aber ich bin trotzdem froh, dass nicht mehr passiert ist!", antwortete Nils.
„Ich auch", meinte Ilka.
Gleich darauf entrang sich ihrer Kehle ein Stöhnen und sie wisperte: „Du Nils, ich glaube unser Kind will doch nicht bis zum nächsten Jahr warten!"
„Dann sollten wir jetzt keine Zeit mehr

verlieren und endlich losfahren", bestimmte einer der Rettungssanitäter und schloss die Tür des Krankenwagens. Nils sprang ebenfalls schnell in sein Auto und fuhr dem Krankenwagen mit Ilka darin hinterher.

Es war tatsächlich so wie Ilka befürchtet hatte. Nur mit Mühe erreichten sie noch den Kreißsaal, und wenige Stunden später kam ihre kleine Tochter zur Welt.
„Ein Christkind haben wir bekommen – das ist das schönste Weihnachtsgeschenk was ich mir vorstellen kann!", sagte Nils zu Ilka, die erschöpft aber glücklich in ihrem Bett lag und ihr Baby im Arm hielt.
„Was hältst Du von dem Namen Christina?", fragte sie Nils. „Anna-Christina, hatte ich gedacht", überlegte sie weiter.
„Doch, unter diesen Umständen finde ich den Namen sehr passend für die kleine Dame. Außerdem gefällt er mir auch gut!", entschied Nils.
„Fröhliche Weihnachten also Ilka und Anna-Christina! Ich wünsche mir allerdings, dass die nächsten Weihnachtsfeste doch etwas ruhiger

verlaufen werden", setzte er hinzu und lachte.
„Ich auch", stimmte Ilka ihm strahlend zu.

Kur-Urlaub zu Weihnachten

„Frau Lohmeyer, jetzt können Sie Ihre Knieoperation wirklich nicht mehr länger hinausschieben oder wollen Sie sich etwa den ganzen Winter über noch mit ihren Schmerzen quälen? Und was ist, wenn Sie noch einmal stürzen?"

Das hatte sie ihr Orthopäde noch vor einigen Wochen gefragt und ihren Einwand, dass sie dann ja über die Weihnachtstage und auch noch zum Jahreswechsel mit so einer dummen Heilanschlussbehandlung verbringen müsse, beiseite gefegt, indem er meinte: „Sie sind doch ohnehin in diesen Tagen allein und versäumen nichts Wichtiges. Im Gegenteil! Außerdem kann ich Ihnen für die Reha eine sehr gute Klinik empfehlen. Sie ist nicht so groß und privat geführt. Ihr medizinischer Ruf ist zudem ausgezeichnet. Dort werden Sie an den Feiertagen sogar Gesellschaft haben. Sie werden sehen, das wird Ihnen ganz bestimmt auch gut tun! Es wäre wirklich vernünftig, wenn Sie sich dazu entschließen könnten! Sehen Sie den Aufenthalt dort doch einfach mal als Weihnachtsurlaub für sie an", riet er ihr abschließend.

Da sie genau wusste, dass er recht hatte, war sie letztlich seinem gut gemeinten Rat gefolgt und hatte die Knieoperation machen lassen. Zum Glück war alles gut verlaufen, und jetzt saß sie im Zug und fuhr dem kleinen Kurstädtchen entgegen, in dem die Klinik angesiedelt war, die der Arzt ihr empfohlen hatte.

Gestern war der dritte Advent gewesen und sie hatte ihre gemütliche kleine Wohnung nur sehr ungern verlassen. Am liebsten hätte sie im letzten Moment alles wieder rückgängig gemacht, aber man erwartete sie ja in der „Buchenhofklinik". Schon allein der Name klang anheimelnd, fand sie. Am Bahnhof wurde sie von einem sehr netten, jungen Mann abgeholt, der sich ihr als Mitarbeiter der „Buchenhofklinik" vorstellte, und unterwegs schon einige ihrer Fragen beantwortete, zu dem was sie dort erwartete. Bereits nach kurzer Fahrt kam die Klinik in Sicht. Doch, das Gebäude machte schon von außen einen sehr

guten Eindruck. Es lag zwar außerhalb des eigentlichen Städtchens, aber wer Ruhe und Erholung suchte, der war hier genau richtig.
„Es wird Ihnen sicher bei uns gefallen! Wir haben jeden Tag für unsere Gäste ein Unterhaltungsprogramm", erzählte ihr der junge Mann, während er ihr beim Aussteigen half. Dann brachte er die Koffer noch zur Rezeption und verabschiedete sich vorerst. Dort begrüßte sie eine weitere sehr freundliche Mitarbeiterin und gab ihr einen Hausprospekt. Dann fragte sie, ob Frau Lohmeyer einen Internetanschluss im Zimmer benötigte und vieles mehr, bevor sie schließlich eine andere junge Dame rief, die Frau Lohmeyer auf ihr Zimmer begleiten sollte.
„Möchten Sie vielleicht noch eine Tasse Kaffee oder einen Tee? Das Abendessen wird ja erst in zwei Stunden serviert", erkundigte sich die junge Dame fürsorglich.
„Ach ja, eine Tasse Kaffee, das wäre jetzt genau das Richtige", nahm Frau Lohmeyer diesen Vorschlag dankend an. Kurze Zeit später wurde die erbetene Tasse Kaffee gebracht, und die Mitarbeiterin versprach Frau Lohmeyer sie später zum Abendessen pünktlich abzuholen, da

sie sich in der Klinik ja noch nicht auskannte. Auch bot sie ihre Hilfe beim Auspacken der Koffer an, was Frau Lohmeyer allerdings lieber allein und in aller Ruhe machen wollte. Während sie ihren Kaffee trank, sah sie sich erst einmal in dem Zimmer um, das in den nächsten Wochen ihr Zuhause sein sollte. Gemütlich eingerichtet fand sie es, sogar ein kleines Adventsgesteck stand auf dem Tischchen neben dem großen Ohrensessel am Fenster. Bei ihrer Ankunft war ihr in der großen Empfangshalle schon eine recht hohe, gut gewachsene Edeltanne aufgefallen, die üppig mit vielen roten und einigen goldenen Kugeln festlich geschmückt war. In einer anderen Ecke des Raumes stand ein alter, großer Schlitten, mit dem seine Besitzer in früheren Zeiten im Winter sicher manchen Weg zurückgelegt hatten. Jetzt stapelten sich lauter bunt verpackte Weihnachtspäckchen zur Dekoration darauf. Daran war sie auf dem Weg zum Fahrstuhl vorbei gegangen. Doch, man schien sich hier viel Mühe zu geben, den Patienten ihren Aufenthalt hier so angenehm wie möglich zu machen, fand sie.

Ihr Knie begann wieder zu schmerzen und erinnerte sie damit an den eigentlichen Grund ihres Hierseins, daher beschloss Frau Lohmeyer, sich vor dem Abendessen noch ein Weilchen auszuruhen. Ruck zuck war sie eingeschlafen und wachte erst auf, als es leise an ihrer Zimmertür klopfte. Wie versprochen, kam die junge Dame von vorhin, um sie zum Abendessen in den Speisesaal zu begleiten.
„Keine Sorge, in den nächsten Tagen werden Sie sich bestimmt allein zurechtfinden", beruhigte sie Frau Lohmeyer und führte sie zu ihrem reservierten Platz. Die Tische in dem großen Raum waren etwa zur Hälfte besetzt. Auch hier war alles geschmackvoll eingerichtet. Die großen Tische waren nett eingedeckt, mit Kerzen, Tannengrün und Servietten mit weihnachtlichen Motiven fehlten an keinem Platz. Auch in diesem Raum stand ein hoher geschmückter Weihnachtsbaum, der allerdings in Blau- und Silbertönen glänzte. Zu ihrer Erleichterung empfingen sie auch ihre drei Tischgenossen freundlich, als sie ihnen vorgestellt wurde.

„Ah, Verstärkung, wie nett", begrüßte sie ein Herr, der in etwa in ihrem Alter war, wie Frau Lohmeyer schätzte. Zwei weitere Frauen saßen auch mit an ihrem Tisch und warteten darauf, dass die geschäftigen Damen vom Menüservice kamen, um die verschiedenen Getränkewünsche aufzunehmen. Ansonsten war ein Büfett aufgebaut, an dem sich jeder selbst bedienen konnte und nach Möglichkeit auch sollte. Die Gäste waren ja alle hier, um wieder fit zu werden, daher sah man viele mit Krücken oder anderen Gehhilfen.

„Bei mir ist es die Hüfte, was fehlt Ihnen?", erkundigte sich eine ihrer Tischnachbarinnen bei Frau Lohmeyer. Natürlich entspann sich daraus an ihrem Tisch zunächst einmal ein recht lebhafter Austausch über ihre diversen Krankengeschichten, der allerdings von Herrn Körfer mit dem Hinweis darauf, dass er langsam Hunger bekäme, beendet wurde.

„Ich habe auch Appetit", stimmte Frau Lohmeyer ihm zu und erhob sich sofort, um mit ihm zusammen das reichhaltige Angebot zum Abendessen in Augenschein zu nehmen. Als die beiden später dann zum Tisch zurückkamen, hatte sich das Gespräch zum Glück inzwischen anderen Themen zugewandt. Jetzt ging es vor allem um die Freizeitangebote der Klinik.

„Gestern hatten wir hier eine Modenschau", berichtete eine ihrer Tischgenossinnen stolz. begeistert.

„Ja, und morgen kommt eine Dame, die selbst Schmuck herstellt und übermorgen können wir wandern gehen. Wollen Sie sich uns nicht anschließen, Frau Lohmeyer?", wurde sie gefragt.

„Oh nein, ich fürchte, das macht mein Knie noch nicht mit", wehrte sie ab.

„Mögen Sie Katzen?" versuchte es Herr Körfer erneut.

„Ja sehr sogar! Meine Nachbarin, die meine Wohnung hütet, hat eine. Das ist ein so hübsches und anhängliches Tier", gab sie zur Antwort.

„Wie schön, dann können wir ja am nächsten Freitag gemeinsam zu der Autorenlesung gehen. Es kommt eine Dame, die stellt uns dabei ihre Katzenbücher vor. Auch zu unserem großen Weihnachtsmarkt am letzten Sonntag war sie hier. Eines der Bücher habe ich gekauft, und es

hat mir sehr gefallen. Ich freue mich schon auf diese Lesung, was meinen Sie?"
„Doch ja, ich lese auch sehr gern", stimmte ihm Frau Lohmeyer begeistert zu. Der Aufenthalt hier ganz würde sicher nicht so langweilig werden, wie sie befürchtet hatte. Außerdem gefiel ihr auch der nette Herr Körfer ausgesprochen gut. Nachdem ihr Mann vor drei Jahren, natürlich wegen einer jüngeren Frau, gegangen war, hatte sie sehr zurückgezogen gelebt, und gerade jetzt, in der schönen Vorweihnachtszeit, empfand sie ihre Einsamkeit besonders schmerzlich. Möglicherweise würde der Aufenthalt hier ihr den Mut geben, sich wieder mehr unter Menschen zu wagen, dachte sie wehmütig.

Damit sollte sie recht behalten, denn es stellte sich schnell heraus, dass sie mit Herrn Körfer nicht nur die Liebe zu Tieren verband; sie entdeckten schnell auch viele andere gemeinsame Interessen. Beide verreisten gern, liebten klassische Musik und natürlich gute Bücher. Es mangelte ihnen beiden nie an Gesprächsstoff! Auch die Autorenlesung

besuchten sie gemeinsam, und Frau Lohmeyer kaufte dort eines der Bücher für ihre Nachbarin, die während ihrer Abwesenheit ihre Blumen goss und die Post aus dem Briefkasten nahm.
„Damit habe ich wenigstens ein originelles Mitbringsel für die Katzenfreundin", freute sie sich.
„Ganz bestimmt!", stimmte Herr Körfer ihr zu. Harald, wie sie ihn inzwischen nannte. Beide hatten erfreut festgestellt, dass sie gar nicht weit voneinander wohnten, sich aber natürlich in einer so großen Stadt wie Berlin trotzdem bisher noch nie begegnet waren.

Dann nahte schon der Heilige Abend mit Riesenschritten, und wie zuhause sollte das Weihnachtsfest auch in der Klinik feierlich begangen werden. Um 17.00 Uhr wurde die Teilnahme an einem Gottesdienst angeboten, und danach sollte es ein ganz besonderes Festessen geben. Frau Lohmeyer fühlte sich von Tag zu Tag besser und freute sich hier sogar auf diesen Abend; das hatte sie zuhause nicht mehr getan, seitdem ihr Mann sie verlassen hatte. Als sie zum Abendessen im Speisesaal erschien, ertönten aus der Lautsprecheranlage bereits einige bekannte Weihnachtslieder, und auf jedem Platz lag ein hübsch eingewickeltes Päckchen.

„Ein kleines Präsent den Hauses", wurde ihnen erklärt. Sehr aufmerksam fanden sie und Harald diese nette Überraschung. Sie saßen jetzt allein am Tisch, da die anderen beiden Damen bereits abgereist waren, um das Weihnachtsfest mit ihren Familien zu verbringen, während sie und Harald noch einige Tage bleiben würden.

„Aber Silvester feiern wir doch zuhause – zusammen oder?", hatte Harald sich schon bei ihr erkundigt. Wie schön, auch er wollte ihre Bekanntschaft fortsetzen. Vielleicht würde es auch in Zukunft noch manchen gemeinsamen Weihnachtsurlaub für sie beide geben; die Zeichen dafür standen gut!

Mascha´s schönstes Weihnachtsgeschenk

„Mama, ich wünsche mir einen Hund!" Schon seit Jahren war das der einzige wirkliche Weihnachtswunsch von Mascha. Sie war im letzten Herbst zwölf geworden, aber noch immer war dieser größte und wichtigste Wunsch von allen ihr nicht erfüllt worden. Wozu sollte sie das immer wieder neu auf ihren Wunschzettel schreiben, fragte sie sich manchmal. Trotzdem schrieb sie diesen Wunsch in jedem Jahr erneut auf, damit ihre Eltern merken sollten, wie ernst es ihr damit war. Ein Tier in der Familie bedeutete doch auch Verantwortung dafür zu übernehmen, und man sollte auch genug Zeit dafür haben, fanden ihre Eltern. Da beide beruflich sehr angespannt waren, würde es Mascha überlassen bleiben sich in der Hauptsache darum zu kümmern. Bis jetzt war sie aber für eine solche Aufgabe noch viel zu jung gewesen, meinten ihre Eltern, und deshalb hatte sie bisher noch keinen Hund bekommen.

Ihre Tochter war ein sensibles Kind und hatte in der Schule nur wenige Freundinnen. Lediglich mit einem Mädchen aus ihrer Klasse hatte sie sich ein wenig näher angefreundet. Aber ausgerechnet dieses Mädchen wohnte so weit außerhalb, dass sich die Kinder nach der Schule nur selten trafen – leider! Mascha war leider ohnehin von Natur aus eher eine Einzelgängerin. Und ein Geschwisterchen zu bekommen hätte ihr sicher gut getan, aber nach einer schweren Krankheit ihrer Mama stand fest, dass es kein weiteres Baby geben würde. Deshalb sehnte sich Mascha umso mehr nach einem tierischen Gefährten. Am liebsten wollte sie einen Hund, mit dem sie umher tollen und den sie lieb haben konnte.

Der Kalender war schon recht dünn geworden, und Weihnachten stand wieder einmal vor der Tür. Mascha war mit ihrer Mama in die Stadt gefahren, um für ihren Papa und die Großeltern noch ein Geschenk zu kaufen.
„Mascha, auf Deinem Wunschzettel steht wieder nicht viel, aber wenn Du noch etwas siehst, was Du gern hättest, dann kannst Du das

gern sagen", versuchte ihre Mama sie aus der Reserve zu locken.

„Ja, danke", antwortete Mascha ohne große Begeisterung und steuerte auf das große Zoofachgeschäft in der Bahnhofstraße zu. Dort waren im Schaufenster immer viele Kaninchen und häufig auch niedliche Meerschweinchen anzuschauen. Die mochte Mascha auch gern. An diesem Tag hing dort ein großer, weißer Zettel im Fenster, und Mascha trat näher um ihn lesen zu können.

Junger Mops umständehalber abzugeben – nur in gute, liebevolle Hände!

Das stand darauf und eine Telefonnummer war auch angegeben.

„Mama, komm schnell her", rief Mascha so aufgeregt, dass ihre Mutter sich tatsächlich beeilte, dieser Aufforderung zu folgen und nur einen Augenblick später neben ihrer Tochter stand.

„Mama, da ist ein kleiner Mops, den seine Leute nicht behalten können. Mama bitte, den lass uns zu uns holen! Du weißt doch, ich

wünsche mir schon so lange einen Freund!"
Ihre Mutter zückte auch gleich bereitwillig ihr Handy, um ein Foto von dem Zettel zu machen. „Aber ich muss erst mit Papa darüber reden; versprechen kann ich Dir nichts Mascha", dämpfte sie vorerst die Begeisterung ihrer Tochter. Ausgelassen, wie nur selten, hüpfte Mascha neben ihrer Mama her. Auch nachdem sie die restlichen Geschenke gekauft hatten, plapperte Mascha immer noch über den kleinen Mops. Wie ernst ihr dieser Wunsch immer noch ist, dachte ihre Mutter. Die Annahme ihres Mannes, das könnte nur eine kurzfristige Begeisterung sein, hatte sich durchaus nicht bestätigt. Sie würde am Abend, wenn Mascha im Bett lag, in Ruhe mit ihrem Mann sprechen. Sie wollte in diesem Fall unbedingt für Mascha Partei ergreifen und ihren Mann zu überzeugen versuchen, ihrer Tochter endlich diesen Wunsch zu erfüllen. Sie hatte es wirklich verdient, fand sie!

Als ihr Vater später nach Hause kam, überfiel Mascha ihn schon an der Haustür mit ihrer wichtigen Neuigkeit.

„Lass mich erst einmal richtig ankommen", wehrte ihr Vater sie zunächst einmal ab. Aber Mascha ließ nicht locker und nahm das Thema beim Abendessen wieder auf.
„Wir wollen sehen, was sich machen lässt", sagte er schließlich genervt, aber zu einem Versprechen wollte auch ihr Papa sich nicht so schnell drängen lassen, so sehr Mascha sich auch darum bemühte.

Als sie im Bett lag, besprachen ihre Eltern diese Angelegenheit noch einmal in Ruhe. Sie beschlossen, dass ihr Vater am nächsten Tag von seinem Büro aus, die angegebene Telefonnummer anrufen und sich nach weiteren Einzelheiten erkundigen sollte. Auch am kommenden Tag gab es für Mascha beim Frühstück kein anderes Thema als den kleinen Mops. Er füllte ihre Gedanken vollständig aus. Nur gut, dass in diesen letzten Tagen vor Weihnachten keine Klassenarbeiten mehr geschrieben wurden.

Gegen Mittag erhielt Mascha´s Mutter einen Anruf ihres Mannes. Er hatte endlich die

Hundebesitzer erreichen können. Dabei stellte sich heraus, dass die junge Frau an einer Hundehaarallergie litt, was ihr nicht bekannt war, als sie „Bärchen", so hieß der kleine Mops, vor einigen Wochen bei sich aufgenommen hatten. Kurz darauf hatte sie Atembeschwerden und einen unangenehmen Hautausschlag bekommen. Ihr Hausarzt hatte gleich auf eine Allergie getippt, und der Spezialist, den sie danach auch noch aufgesucht hatte, konnte diese Diagnose leider nur bestätigen. Also war ihr nichts anderes übrig geblieben, als sich sehr schweren Herzens von „Bärchen" wieder zu trennen. Aber er sollte unbedingt ein liebevolles, neues Heim bekommen, das war ihre Bedingung.

„Bei uns wird er es ganz bestimmt gut haben!", versprach Mascha's Vater, und dann hatten er und die junge Dame vereinbart, dass „Bärchen" so schnell wie möglich zu seiner neuen Familie übersiedeln sollte.

„Wir telefonieren an einem der Feiertage zusammen, ist Ihnen das recht?", erkundigte er sich.

„Aber natürlich, jederzeit. Wir sind ohnehin

zuhause und freuen uns, Sie und Ihre Familie kennenzulernen, rufen Sie an, wann immer es Ihnen passt!", bekam er zur Antwort. Mit dieser Regelung war auch Mascha´s Mutter sehr einverstanden. Was Mascha wohl dazu sagen würde? Auf ihr Gesicht, wenn sie erfuhr, dass sie doch bald einen eigenen Hund haben würde, freuten sich ihre Eltern schon sehr!

Am Vormittag des Heiligen Abends spürte Mascha eine seltsame Unruhe, mehr als in den Jahren zuvor. Sie hatte ihre Mutter noch ein paar Mal auf den Zettel im Schaufenster angesprochen, aber die hatte immer sehr ausweichend geantwortet und ihr Vater ebenso. Deshalb hatte sie sich innerlich schon fast damit abgefunden, dass ihr Herzenswunsch auch in diesem Jahr wieder einmal nicht in Erfüllung gehen würde. Sicher würde sie, wie in den Jahren zuvor, wieder einige Hundebücher, Spiele oder Filme unter dem Tannenbaum finden, aber leider keinen echten Hund. Sie würde die Hoffnung darauf aber keinesfalls aufgeben, egal wie lange es noch dauern würde, irgendwann mussten ihre Eltern doch einfach nachgeben!

Wie immer stand die große, goldglitzernde Tanne im Wohnzimmer, und am späten Nachmittag besuchte die Familie den Familiengottesdienst in der Kirche. In diesem Jahr gab es beim Krippenspiel eine echte Sensation! Einer der kleinen Hirten hatte tatsächlich einen echten Schäferhund mit in die Kirche gebracht. Es war ein sehr ruhiges, wahrscheinlich schon älteres Tier, das brav mit den Hirten zur Krippe ging. Die übervolle Kirche schien ihn gar nicht zu stören. Für diese tolle Aufführung bekamen die Kinder tosenden Applaus von den Kirchenbesuchern. Auch Mascha war völlig hingerissen! Unterwegs auf dem Heimweg erzählte sie immer wieder ganz begeistert davon, natürlich nicht ohne zu erwähnen, wie sehr sie sich selbst einen Hund wünschte! Ihre Eltern sagten nicht viel dazu, dachten aber beide dasselbe. Dieses Weihnachtsfest würde für Mascha sicher unvergesslich werden!

Als ihr Vater zuhause Mascha und seine Frau

mit Hilfe des silbernen Glöckchens, zur Bescherung in das Wohnzimmer rief, stand für Mascha nur ein einziges Geschenk unter dem Weihnachtsbaum. Auf dem hübsch verpackten Karton stand in großen Buchstaben ihr Name – Mascha. Zögernd ging sie darauf zu und sah ihre Eltern fragend an. So etwas Großes hatte sie sich doch gar nicht gewünscht, was konnte nur darin stecken?

„Na los, mach Dein Geschenk doch endlich auf", forderte ihr Vater, während ihre Mutter mit erwartungsvollem Blick neben ihr stand. Wie geheißen öffnete Mascha das große Paket und fand darin mehrere kleinere Päckchen. Obenauf lag ein Brief, auf dem ebenfalls ihr Name stand. Das Ganze wurde immer rätselhafter, fand Mascha.

„Bitte mach den Brief zuerst auf", sagte ihre Mutter. Mascha tat ihr natürlich den Gefallen und griff zuerst nach dem goldenen Umschlag. Eine Karte kam zum Vorschein, mit einem Foto von einem niedlichen kleinen Mops. Seine treuen Augen blickten sie an und trafen sie mitten ins Herz.

„Oh, ist der süß!", entfuhr es Mascha begeistert.

Dann drehte sie die Karte um und las den Text, der darauf stand.

**„Liebe Mascha,.
ich bin Bärchen und möchte gern bei Dir einziehen, wann darf ich kommen?"**

Ein Freudenschrei entrang sich ihrer Kehle, und sofort umarmte sie ihre Eltern stürmisch.
„Bärchen, was für ein schöner Name", freute sie sich. Und fragte gleich darauf: „Ist das der kleine Mops, für den eine neue Familie gesucht wurde auf dem Zettel in der Stadt?"
Ihre Eltern bestätigten dies und sagten ihr dann, dass sie morgen das junge Paar anrufen wollten, um zu fragen, wann es ihnen passen würde, damit Mascha und „Bärchen" sich kennenlernen konnten. Mascha war selig! Sie konnte es kaum noch aushalten bis zum nächsten Tag zu warten, aber am Heiligen Abend konnte man andere Leute wirklich nicht stören, fanden ihre Eltern, das musste Mascha schließlich schweren Herzens einsehen.
„Da sind noch mehr Geschenke im Karton, die solltest Du auch noch auspacken", erinnerte

ihre Mutter Mascha sanft. Ein wunderschönes, kuscheliges Körbchen kam zutage, diverses Hundespielzeug, eine Leine, mehrere bunte Fressnäpfe und etliche Dosen Hundefutter für das neue Familienmitglied gab es auch. Ihre Eltern hatten an alles gedacht, so schien es. Jedes einzelne Teil war liebevoll verpackt.

In dieser Nacht konnte Mascha vor lauter Aufregung kaum schlafen. Sie wollte ihr „Bärchen" endlich in den Armen halten! Gleich nach dem Frühstück bat sie darum anrufen zu dürfen. Sie und ihre Eltern erhielten eine spontane Einladung zum Kaffee, damit Mascha und „Bärchen" sich kennenlernen konnten. Die wurde natürlich sehr gern angenommen, und als sie dann nachmittags pünktlich vor der Haustür der Familie Weinrich standen, klopfte Mascha´s Herz vor lauter Aufregung bis zum Hals. Was geschah, wenn ihr „Bärchen" sie nicht mögen sollte?

Aber diese Sorge erwies sich sofort als unbegründet, denn als die helle Holztür sich öffnete, sprang der kleine Mops gleich fröhlich

an ihr hoch und Mascha strahlte!
„Na, das wird sicher nicht lange dauern, dann kannst Du ihn ganz behalten", meinte Herr Weinrich und lachte.
„Wie gut, dass Mascha im rechten Moment gekommen ist, um unseren Zettel zu lesen", gab Frau Weinrich ihrem Mann recht, als sie sah wie gut „Bärchen" und Mascha sich verstanden. Dadurch würde ihr der Abschied von ihm leichter fallen, und von Mascha und ihren Eltern würde er sicher sehr geliebt und verwöhnt werden, das stand fest!

Die Weihnachtsreise

„Johanna, Kind, es tut mir wirklich sehr leid, aber mit diesem verknacksten Knöchel kann ich wirklich nicht ins Auto steigen und an eine Bahnreise zu Euch ist genau so wenig zu denken, das hat mein Hausarzt mir versichert. Ich hätte so gern mit Euch Weihnachten gefeiert, aber in diesem Jahr wird wohl nichts daraus werden!"

Als Johanna´s Vater ihr das am Telefon berichtet hatte, war sie zunächst einmal völlig ratlos, aber die traurige Stimme ihres Vaters ging ihr nicht mehr aus dem Kopf. Vor allem der letzte Satz nicht, dabei hatte seine sonst so kräftige Stimme sehr belegt geklungen, obwohl er das tapfer zu verbergen versuchte. Ihr Vater war ein sehr couragierter alter Herr, und auch mit seinen inzwischen vierundachtzig Jahren war er immer noch imstande ohne Probleme allein zu leben – zum Glück! Bisher war er ja auch recht gesund gewesen, aber beim Gang zur Mülltonne, hatte er Pech gehabt und war umgeknickt. Dabei hatte er sich seinen Knöchel böse verstaucht. Im Grunde mussten sie froh

sein, dass nicht noch mehr geschehen war. Trotzdem plagte Johanna das schlechte Gewissen ein wenig. Sie war mit ihrer Familie erst vor drei Jahren aus München fort gezogen, weil ihr Mann Sven in Hannover einen guten Job angeboten bekommen hatte. Heutzutage musste man flexibel sein. Johanna hatte ihren Vater und die Heimat nur sehr ungern verlassen! Schließlich war Hannover ja nicht gerade um die Ecke. Sie und Sven hatten ihrem Vater vorgeschlagen mitzukommen, aber der hatte nur abgewinkt und gesagt: „Einen alten Baum verpflanzt man nicht!"
Damit hatte er die Diskussion darüber beendet, und Johanna und auch Sven hatten diese Entscheidung schweren Herzens akzeptiert.

„Aber wir besuchen Opa doch so oft es geht, nicht war Mama?", hatten ihre beiden Töchter Lisa und Marleen gefragt.
„Natürlich, und Opa kommt auch zu uns, so oft er kann und möchte", hatte sie die beiden beruhigt. Mehrmals im Jahr war ihr Vater dann auch gekommen und auf jeden Fall immer zu Weihnachten in Hannover gewesen. Er war mit

den Mädels zum Weihnachtsmarkt gegangen, im Sommer hatten sie gemeinsam den großen Zoo besucht und vieles mehr. Opa war klasse, fanden die beiden Mädchen! Sie würden sicher sehr traurig sein, wenn sie erfuhren, dass sie in diesem Jahr ohne ihren geliebten Opa feiern würden. Von mir ganz zu schweigen, dachte Johanna und seufzte.

Am Abend, als sie alle gemeinsam am dem großen Esstisch saßen, berichtete sie ihrer Familie von dieser Entwicklung, leider waren es ja dieses Mal keine guten Neuigkeiten, die sie für die Familie hatte.
„Der arme Opa, hat er Schmerzen?", erkundigte sich Lisa sofort besorgt.
„Ach nö, Weihnachten ohne Opa, das geht gar nicht!", fand auch ihre jüngere Schwester Marleen.
Sven war natürlich ebenso erschrocken wie seine Frauen, wie er seine Familie immer zu nennen pflegte. Er mochte seinen netten Schwiegervater wirklich gern und hatte sich von Anfang an gut mit ihm verstanden. Er überlegte einen Augenblick und fragte dann in

die Runde: „Wenn Opa nicht herkommen kann, dann müssen wir eben in diesem Jahr zu ihm fahren. Was haltet Ihr von der Idee?"
„Ja, das machen wir!"
„Toll, wir können Opa doch nicht allein lassen und zu Weihnachten schon gar nicht!"
So lauteten die begeisterten Kommentare seiner Töchter.
„Oh Sven, daran hatte ich auch schon gedacht, aber Du hast doch schon Stress genug, da mochte ich Dich gar nicht darum bitten," antwortete Johanna und strahlte ihn an. Sie stand auf und nahm ihrem Mann in den Arm. In Momenten wie diesem weiß ich genau warum ich ihn damals geheiratet habe, dachte sie glücklich. Laut sagte sie: „Ich muss gleich mit den Vorbereitungen für unsere Tour anfangen."
Gemeinsam machten sie anschließend noch weitere Pläne für ihre Weihnachtsreise, denn in ein paar Tagen war ja schon Heiligabend. Und so endete das Abendessen in bester Stimmung!

Am nächsten Tag rief Johanna ihren Vater in München an und teilte ihm mit, dass er dieses Mal sie und natürlich auch ihre ganze Familie zum Weihnachtsfest erwarten könne. Seine Freude darüber war wirklich rührend!

„Wirklich? Wie schön, da freue ich mich aber sehr! Wann kommt Ihr denn? Frau Waldner von unten hat mich netterweise schon eingeladen, damit ich am Heiligen Abend nicht allein sein sollte, aber wenn Ihr kommt, dann sind sie und ihr Mann ganz sicher nicht böse, wenn ich absage."

„Wir können erst am Heiligabend losfahren, aber am späten Nachmittag, wenn alles gut geht, dann sind wir bei Dir, hat Sven gemeint", antwortete Johanna.

„Darauf freue ich mich jetzt schon! Sag auch Sven bitte, dass ich es sehr zu schätzen weiß, dass Ihr am Heiligen Abend diese Strapaze auf Euch nehmen wollt – bis bald also!"

Ja, bis bald, dachte auch Johanna. Sie hatte ihren Vater nicht mehr gesehen, seitdem sie im Sommerurlaub nach Italien gefahren waren. Sie hatten bei ihm auf dem Hin- wie auch auf dem Rückweg jeweils für zwei Tage Station gemacht, damit die Reise für Sven nicht zu anstrengend war. Johanna hatte zwar einen

Führerschein, aber die Geschwindigkeit auf der Autobahn ängstigten sie, daher musste Sven diese langen Touren allein bewältigen. Sie freute sich sehr auf diese Weihnachtsreise in die alte Heimat, wenn auch der Anlass dazu kein erfreulicher war. Zum Glück fühlten sie sich inzwischen alle recht wohl im Norden, aber gerade in der gemütlichen Adventszeit stieg das Heimweh immer mal wieder in ihr hoch.

Am späten Abend des dreiundzwanzigsten Dezember war alles vorbereitet, und Sven und sie beluden gemeinsam ihr Auto. Sven hatte große Mühe alles unterzubringen.
„Das ist ja mehr Gepäck als für drei Wochen Urlaub", stöhnte Sven, während er versuchte, auch noch die letzte Reisetasche irgendwie in den Kofferraum zu quetschen.
„Na ja, aber dann haben wir ja keine Geschenke dabei", erklärte ihm Johanna.
„Kriegen wir denn die Kühltasche mit ein paar Broten und Getränken für unterwegs noch mit?", erkundigte sie sich gleich darauf besorgt.
„Ich möchte nämlich nur kurze Pausen machen und mich nicht in einer Schlange im Rasthaus

anstellen müssen", setzte sie hinzu.
„Ach, die stellen wir zwischen die beiden Mädels auf den Rücksitz. Dann können sie sich jederzeit etwas rausholen, wenn sie hungrig sind. Das wird schon klappen, keine Sorge", beruhigte Sven sie.

Am nächsten Morgen standen sie früh auf, und nachdem die Kühltasche gefüllt war, konnte es losgehen. Lisa und Marleen waren beide schon total aufgeregt. Es war Weihnachten, und sie würden zu Opa nach München reisen, das waren gute Gründe dafür!
„Dürfen wir Opa anrufen, wenn wir ungefähr wissen, wann wir ankommen?", wollte Marleen wissen. Sie fand ein Telefonat mit Opa, der so weit weg war, immer ganz besonders aufregend.
„Klar, das habe ich schon mit Opa abgemacht, und Du darfst ihn anrufen, versprochen!"
„Ich will ihm dann aber auch Hallo sagen", schaltete Lisa sich in das Gespräch ein.
„Natürlich, Ihr dürft beide mit ihm reden", versprach Sven seinen Töchtern, bevor er losfuhr.

Nach zwei Stunden fragte Marleen das erste Mal, wann sie denn endlich Opa anrufen könne. „Ein Weilchen musst Du Dich schon noch gedulden", antwortete Sven, und Johanna beeilte sich erst mal an alle einige Schokoriegel zu verteilen, um die Stimmung wieder zu heben. Danach war zunächst eine Weile Ruhe.
„Wie gut, dass wir neue Winterreifen haben", meinte Sven, nachdem sie im Radio die Verkehrsnachrichten gehört hatten. Gerade für Süddeutschland waren leider ergiebige Schneefälle vorausgesagt worden, und kurz danach setzte die angekündigte Kaltfront auch schon ein.
„Schnee, Schnee!", jubelten die Kinder. Johanna war weniger begeistert. Zwar wusste sie, dass Sven, im Gegensatz zu ihr, ein sehr sicherer und unerschrockener Autofahrer war, aber trotzdem war diese lange Fahrt sicher auch für ihn eine echte Herausforderung. Diese Gedanken behielt sie allerdings vorerst lieber für sich.

Langsam kamen sie ihrem Ziel näher – endlich. Sie hatten zwischendurch einen Rastplatz angesteuert und sich dort in einer Holzhütte mit Käsebroten, hart gekochten Eiern und heißem Tee gestärkt. Während sie und Sven sich noch ein paar Minuten die Beine vertraten, hatten die Mädchen sich damit vergnügt im Schnee ihre Spuren zu hinterlassen. Dann waren sie weiter gefahren.

„Ich hoffe, so etwa in zwei Stunden werden wir ankommen, wenn nichts dazwischen kommt", erklärte Sven gerade, als die weihnachtliche Musik im Autoradio plötzlich abbrach, damit eine dringende Verkehrsmeldung durchgegeben werden konnte. Sie erfuhren, dass es durch das Wetter kurz vor ihrem Ziel einen Unfall gegeben hatte, der zu einer kurzfristigen Sperrung der Autobahn auf ihrer Fahrbahn geführt hatte. Wie lange die andauern würde, war noch nicht absehbar, erklärte die Sprecherin im Radio.

„Ach verdammt, das ist ja schöner Mist", entfuhr es Sven. Prompt kam von hinten gleich zweistimmig die empörte Antwort: „Aber Papa, verdammt sagt man doch nicht!"

Aber das war Sven in dem Moment verständlicherweise völlig egal, und so blieb es

Johanna überlassen, den Kindern zu erklären, dass es durchaus Momente gab, in denen auch eiserne Regeln außer Kraft gesetzt werden konnten – Ausnahmen eben! Außerdem teilte sie die Meinung ihres Mannes voll und ganz, aber sie hütete sich natürlich das zu sagen.
„Ich denke, wir sollten Papa mal anrufen", überlegte sie, während im gleichen Moment ihr Handy klingelte und die wohlbekannte Melodie ihres Lieblingsliedes ertönte.
„Schrader", meldete sie sich. Die besorgte Stimme ihres Vaters drang an ihr Ohr.
„Kinder, wo seid Ihr? Wollt Ihr vielleicht doch die nächste Ausfahrt nehmen und in einem Hotel bleiben? Ich zahlte es auch. Wie weit seid Ihr denn schon gekommen?"
„Kommt gar nicht in Frage, wir schlagen uns schon bis zu Dir durch, auch wenn es noch eine ganze Weile dauern wird. Ich will Weihnachten doch nicht in irgendeinem Hotel sitzen!", schnaubte Sven, der das Gespräch ebenfalls gehört hatte, da Johanna ihr Handy laut gestellt hatte.
„Wann sind wir denn endlich bei Opa?", wollte nun auch Lisa wissen.

„Weiß ich auch nicht", knirschte Sven, der langsam auch seine gute Laune verlor.
„Papa tut was er kann, aber wenn wir in den Stau geraten, dann müssen wir uns hinten anstellen, wie alle anderen auch", versuchte Johanna ihren beiden Mädchen begreiflich zu machen. Schnell holte sie die letzten Schokoriegel aus der Tasche und verteilte sie an ihre Lieben.

Schließlich kamen Schilder in Sicht, die den Stau ankündigten, und Sven drosselte noch einmal die Geschwindigkeit. Jetzt fuhren sie fast nur noch im Schritttempo, und in den Verkehrsmeldungen wurde auch weiterhin zu äußerster Vorsicht gemahnt. Außerdem erfuhren sie, dass der Stau inzwischen eine Länge von etwa zwölf Kilometern erreicht hatte. Dann wurden die Autofahrer gebeten, wenn möglich eine Gasse für großen den Schneepflug zu bilden, damit die Fahrbahn gestreut werden konnte. Das klang nicht sehr ermutigend, fand Johanna.
„Was denkst Du, wie viele Kilometer haben wir noch vor uns?", erkundigte sie sich vorsichtig

bei Sven. Der zuckte nur die Achseln, runzelte die Stirn und meinte, dass er das zurzeit nicht sagen konnte.

„Kommen wir denn heute noch bei Opa an, und was ist mit den Geschenken?", quengelte Marleen wieder.

„Na klar kommen wir heute noch zu Opa und Geschenke gibt`s später auch, nur keine Sorge!", tröstete Johanna ihre Jüngste. Sie verstand die Ungeduld der Kinder nur zu gut.

„Das ist eben in diesem Jahr ein ganz besonderes Weihnachtsfest – sozusagen ein Abenteuerweihnachten, das erlebt man nur ganz selten. Das könnt Ihr nach den Ferien in der Schule und im Kindergarten erzählen. Ist das nicht toll?", versuchte sie den Mädchen die Situation schmackhaft zu machen.

Dann ging es weiter, wenn auch nur sehr schleppend. Jetzt hatte Sven endlich die Möglichkeit sich weiter rechts einzuordnen. Das wurde auch Zeit, denn man sah in der Ferne bereits verschwommen, wie sich die Lichter des Schneepfluges näherten. Das gab ihnen Hoffnung!

Irgendwann verstummte das Geplapper der beiden Mädchen auf dem Rücksitz ganz.
Sie waren eingeschlafen – Gott sei Dank! Es war längst dämmrig geworden, und die Autoschlange kämpfte sich immer noch sehr langsam vorwärts, während es weiterhin unaufhörlich schneite. Dann passierten sie die Unfallstelle. Ein großer Lastwagen war ins Rutschen geraten und umgekippt. Dabei hatte er seine komplette Ladung verloren. Am Straßenrand sah man immer noch einige Helfer, die auch die allerletzten Reste aufräumten. Aber danach ging es glücklicherweise ganz zügig weiter. Der starke Schneefall behinderte zwar noch immer die Sicht, aber die Autobahn war hier einigermaßen befahrbar.
„Jetzt kannst Du Deinen Vater anrufen, ich schätze, in etwa einer Stunde sind wir bei ihm", informierte Sven Johanna. Sie griff sofort zu ihrem Handy, um dieser Aufforderung zu folgen. Ihr Vater musste direkt neben dem Telefon gesessen haben, denn schon nach dem zweiten Läuten meldete er sich.
„Johanna, wie sieht es aus?", fragte er aufgeregt und erfuhr zu seiner unendlichen Erleichterung,

dass er seine Tochter und ihre Familie nun bald in die Arme schließen konnte.

Sven hatte sich nicht geirrt. Eine gute Stunde später waren sie am Ziel, und sofort öffnete sich die Haustür, und Opa Willy stürzte ihnen entgegen, so schnell sein verletzter Knöchel das zuließ, um sie herzlich zu begrüßen. Er musste die ganze Zeit am Fenster gesessen haben, um ihre Ankunft ja nicht zu verpassen
„Natürlich, so war es auch", bestätigte er lachend, als er seine Tochter und seinen Schwiegersohn liebevoll in die Arme schloss. Inzwischen waren auch seine beiden Enkelinnen erwacht und sprangen schnell aus dem Auto. Die Mädchen umarmten ihren heiß geliebten Opa so stürmisch, dass er fast Mühe hatte, sich auf den Beinen zu halten.
„Opa, Du kriegst gleich ein ganz tolles Weihnachtsgeschenk von uns! Wir haben für Dich...", legte Marleen sofort los.
„Das darfst Du doch nicht verraten. Das soll doch eine Überraschung sein!", fiel Sven ihr schnell ins Wort, und Opa Willy lachte. Alles war wie immer – wie gut, dass er Kinder und

Enkel hatte, die keinerlei Mühen gescheut hatten, um zu Weihnachten bei ihm sein zu können!

Der beste Weihnachtsmann aller Zeiten

„Wer wird denn in diesem Jahr bei uns den Weihnachtsmann spielen?", das fragte Sebastian´s Frau ihn einige Tage vor dem Fest.
„Da muss ich mir noch was einfallen lassen", gab Sebastian unschlüssig zur Antwort. Sebastian und seine Frau Dörte hatten vier Kinder im Alter von fünf, sieben, zehn und zwölf Jahren. Daniel und Leni, die beiden Älteren glaubten schon länger nicht mehr an den Weihnachtsmann. Bei Alexander, der seit dem Sommer in die Schule ging, war sich Sebastian auch nicht sicher ob er wirklich noch an dessen Existenz glaubte. Lediglich Stella, ihr Nesthäkchen, glaubte ganz fest daran, dass der Weihnachtsmann ihr alle Wünsche erfüllen konnte und würde! Deshalb wollten die Eltern ihr diesen wunderschönen Kinderglauben so lange wie möglich erhalten. Für Kinder war es schließlich eine wunderbare Sache, dem Weihnachtsmann persönlich zu begegnen.

Bisher war es immer so gewesen, dass einer

seiner Sportkameraden sich bereit erklärt hatte, im Hause Hoffmeister diese Aufgabe zu übernehmen. Die Kinder, und auch Dörte und er, hatten immer viel Spaß dabei gehabt. Inzwischen waren aber so gut wie alle selbst Familienväter und wollten natürlich am Heiligen Abend bei ihren eigenen Kindern sein. Aber alle freuten sich auch in diesem Jahr schon auf den Auftritt des Weihnachtsmannes bei ihnen, und deshalb mochte Sebastian seine Lieben auch nicht enttäuschen. Also überlegte er, wem er in diesem Jahr diese ehrenvolle Aufgabe übertragen könnte. Zunächst fiel ihm niemand ein; erst nach längerem Überlegen kam er auf die rettende Idee seinen Cousin Friedhelm um diesen Gefallen zu bitten. Friedhelm spielte einmal wöchentlich mit ihm Fußball. Seine beiden Töchter waren inzwischen erwachsen und so könnte er vielleicht am Heiligen Abend für ein Stündchen außer Haus sein, überlegte Sebastian. Die Sache hatte nur einen Haken. Vor etwa vierzehn Tagen, beim vorletzten Training, hatte er Friedhelm im Eifer des Gefechtes böse gefoult und zur nächsten Trainingsstunde war

Friedhelm nicht gekommen. Ob er wohl noch sauer war? Aber Sebastian hatte sich doch bei ihm entschuldigt und sooo schlimm war die Sache ja nun auch nicht gewesen, fand er. Falls Friedhelm heute wieder nicht in der Sporthalle erschien, müsste er ihn zuhause anrufen und per Telefon fragen ob er den Job übernehmen konnte und wollte, entschied Sebastian. Friedhelm war ein netter Kerl und so hoffte Sebastian auch auf eine Zusage. Tatsächlich erschien sein Cousin abends pünktlich wie immer beim Training, und er begrüßte Sebastian zu dessen Erleichterung völlig unbefangen. Das gab ihm den Mut Friedhelm seine Bitte vorzutragen.

„Klar mache ich das, gern sogar!", versprach Friedhelm ihm sofort. Dann fragte er noch nach einigem was die Kinder im letzten Jahr verbockt hatten, damit er später dann als Weihnachtsmann dazu Stellung nehmen konnte. Es wurde abgemacht, dass Friedhelm gegen 17.00 Uhr bei Familie Hoffmeister vor der Tür stehen sollte. Der mit den Geschenken gefüllte Sack würde dann bereit stehen.

„Das Kostüm bringe ich Dir morgen vorbei",

schlug Sebastian vor, und auch damit war Friedhelm einverstanden. Sehr zufrieden mit sich, weil es ihm auch in diesem Jahr gelungen war, einen tollen Weihnachtsmann aufzutreiben, fuhr Sebastian nach dem Training nach Hause. Dörte freute sich ebenfalls über diese Lösung.
„Friedhelm macht das bestimmt prima", vermutete sie, und damit sollte sie durchaus recht behalten!

Am Heiligen Abend wurden die Lichter am geschmückten Weihnachtsbaum angezündet, und bei Kakao und selbst gebackenen Waffeln warteten alle gespannt auf den angekündigten Besuch des diesjährigen Weihnachtsmannes.
Pünktlich, zur verabredeten Zeit, klingelte es an der Haustür, und Alexander sprintete sofort los, um den Weihnachtsmann ins Haus zu lassen. Der kam mit seinem großen und sichtlich schweren Sack, einem goldenen Buch unter dem Arm und einer Rute ins Wohnzimmer gepoltert.
„Hallo!", grüßte er fröhlich in die Runde.
Mit seinem Gardemaß von fast zwei Metern war Cousin Friedhelm wirklich ein absolut

beeindruckender Weihnachtsmann, fand Dörte. Das Kostüm und dazu der weiße Rauschebart standen ihm ausgezeichnet. Dann zückte der Weihnachtsmann sein golden eingeschlagenes Buch, runzelte die Stirn und wandte sich zuerst an Daniel:

„Hier steht, dass Du öfter Deine jüngeren Schwestern ärgerst und mit dem Aufräumen hast Du es auch nicht so – stimmt das?"

„Äh, na ja, so in etwa schon", bekannte Daniel kleinlaut.

„Wirst Du das in Zukunft nicht mehr machen?", forschte der Weihnachtsmann und hob einmal kurz die Rute,

„Klar, ist doch nur Spaß gewesen, und die Mädels wissen das auch", antwortete Daniel.

„Und was ist mit dem Aufräumen Deines Zimmers?", auch daran erinnerte ihn der Weihnachtsmann noch einmal.

„Ja, ist ja schon gut", murmelte Daniel verlegen.

„In Ordnung, aber halte Dich auch daran", gab ihm der Weihnachtsmann mit auf den Weg, bevor er sich dem nächsten Kind zuwandte.

„So, jetzt wollen wir doch mal sehen, was über Leni in meinem Buch steht. Aha, Du machst immer Theater, wenn es ins Bett gehen soll. Dafür kommst Du morgens nicht aus den Federn, ist ja logisch. Das muss besser werden, ist das klar?"

„Ja, auf jeden Fall lieber Weihnachtsmann", stammelte auch Leni verlegen, aber froh darüber, dass nicht noch mehr ihrer Untaten dem Weihnachtsmann zu Ohren gekommen waren.

Dann schaute der Weihnachtsmann erneut in sein großes Buch, und dieses Mal sah er Alexander an.

„So, so, Du gehst seit dem Sommer in die Schule, wie gefällt es Dir da?", fragte er den verdutzten Alexander.

„Ganz gut, aber im Kindergarten fand ich es auch schön, eigentlich fast noch besser, da musste ich nicht so früh hin", bekannte Alexander.

„Hier steht auch, dass Du schon mal die Katze der Hausmeisterin am Schwanz gezogen hast. Tu das ja nie wieder! Hörst Du, das musst Du mir jetzt ganz fest versprechen!", forderte der

Weihnachtsmann, und Alexander wurde knallrot.

„Es war wirklich nur ein einziges Mal, und sie hat auch gleich danach von mir noch ein Leckerli zum Trost gekriegt", verteidigte er sich.

„Trotzdem, so etwas tut man nicht und das nächste Mal werde ich ganz bestimmt sehr böse", antwortete der Weihnachtsmann und wieder wackelte er mit seiner Rute bedrohlich vor Alexanders Nase.

„Kommen wir jetzt zu Dir Stella. Du bist ja ein liebes Mädchen, das steht hier jedenfalls. Allerdings meckerst Du beim Essen und magst vor allem kein Gemüse, da bist Du ganz schnäkig. Das solltest Du aber öfter einfach mal probieren, es gibt bestimmt dabei auch etwas was auch Du lecker findest."

Stella, die den Weihnachtsmann bisher nur mit staunenden Augen angesehen hatte, versprach ihm ebenfalls schleunigst sich zu bessern, und der große Mann im roten Anzug gab sich damit zufrieden.

Soweit so gut, aber dann holte der große Weihnachtsmann einmal noch zu einem wahren Überraschungsschlag aus. Er fragte die Kinder nämlich: „Was ist eigentlich mit Euren Eltern, seid Ihr mit denen zufrieden? Waren die auch immer lieb zu Euch?"

Völlig irritiert sahen alle ihn an, und es war Alexander, der als erster den Mut fasste ihm zu antworten, indem er sagte: „Papa ist manchmal etwas streng, aber Mama, die ist total in Ordnung!"

„Ja, Mama ist lieb", bestätigte auch Stella.

„Aber Papa, der hat mir neulich Hausarrest gegeben, nur weil ich eine schlechte Note mit nach Hause gebracht habe, das war unfair", verriet Daniel dem Weihnachtsmann und grinste, denn er wusste inzwischen genau, wer in dem Weihnachtsmannkostüm steckte.

„So, dann muss ich Eurem Papa wohl jetzt erst mal die Flötentöne beibringen, bevor ich den Sack auspacke", brummte der Weihnachtsmann, zückte seine Rute und kam damit Sebastian bedrohlich nahe. Im nächsten Moment sah die Familie tatsächlich zu, wie die Rute des Weihnachtsmannes, mit einem gut platzierten

Schlag, auf Sebastians Hinterteil landete.
„Du darfst Dich nie, wirklich niemals wieder und zu wem auch immer, unfair verhalten! Wehe Dir, wenn ich das noch einmal mitbekommen sollte, dann geht's Dir aber schlecht, darauf kannst Du Dich verlassen!", schimpfte er dabei und schlug weiter auf Sebastian ein, der inzwischen lachend durch das Wohnzimmer hüpfte, um sich vor dem scheinbar wütenden Weihnachtsmann in Sicherheit zu bringen. Alle bogen sich vor Lachen, nur Stella verzog das Gesicht und war kurz davor in Tränen auszubrechen. Aber als sie sah, dass auch ihr Papa lachte, beruhigte sie sich schnell wieder und freute sich mit der übrigen Familie über diesen Spaß.

„Jetzt ist es aber genug", fand auch der Weihnachtsmann schließlich, und begann endlich damit den Inhalt seines großen, schweren Sackes zu verteilen. Dazu kam auch Stella sofort wieder näher.

Kurze Zeit später, nachdem alle Geschenke an die Kinder verteilt worden waren, und der tolle

Weihnachtsmann sich bei einer Tasse Kakao und einer leckeren Waffel gestärkt hatte, verabschiedete er sich. Und alle waren sich einig – das war wirklich der beste Weihnachtsmann aller Zeiten, der sie heute besucht hatte!

Weihnacht im Café Vergissmeinnicht

Hedy und Astrid hatten sich ihren Traum erfüllt und ein eigenes kleines Café eröffnet. Es lag in der Innenstadt, und über dem Gastraum hatten sie ihre gemeinsame Wohnung einrichten können. Sie hatten fast alle ihre Ersparnisse, viel Arbeit und noch mehr Zeit in dieses Wunschprojekt gesteckt. Jetzt endlich, nach fast drei Jahren, arbeiteten sie zum Glück kostendeckend. Beide Frauen waren sehr kreativ und hatten ständig neue Pläne und Ideen, um ihr Café noch beliebter zu machen. So hatten die Studenten der Kunstakademie bei ihnen die Möglichkeit ihrer Werke für jeweils einige Wochen auszustellen, und es fanden ab und zu auch Autorenlesungen statt. In der Regel waren ihre Veranstaltungen immer gut besucht.

Eingerichtet war das Café im Shabby-Chic, denn das fanden beide hübsch, und es war zudem eine preisgünstige Lösung. So stammten viele Stücke von Besuchen auf dem Flohmarkt oder vom Trödel und alles war liebevoll zusammengestellt. Die großen Sprossenfenster ließen viel Licht hinein, und in einem kleinen Hinterhof konnten im Sommer zusätzlich Tische und Stühle aufgestellt werden, die von Oleanderbäumen und anderen exotischen Pflanzen dekorativ eingerahmt wurden.

Astrid konnte ganz wunderbar backen und verwöhnte ihre Gäste ständig mit neuen leckeren Kuchenkreationen. Hedy wiederum hatte einen grünen Daumen und ein Händchen fürs Dekorieren. So standen im Frühling auf den Tischen alte Gefäße aus Porzellan, die mit Efeu und anderen weniger empfindlichen Topfblumen bepflanzt waren. Später im Jahr schmückten dann bunte sommerliche Sträuße und bunte Bänder das Café, und im Herbst gestaltete Hedy den Raum mit buntem Laub, Kastanien, Nüssen und Zierkürbissen wieder anders. Jetzt zum Advent gab es natürlich viel Tannengrün, bunte Kugeln und stilvolle Windlichter in allen Ecken. In den schlichten, großen Glasgefäßen steckten kahle Zweige, die sie mit Silberfarbe veredelt hatte. Anschließend wurden daran Glitzersterne und Engel aufgehängt. Ebenso wurden die Fenster und die breite Flügeltür nach draußen, mit Hilfe von einigen Papierschablonen, mit aufgesprühten Schneeflöckchen verschönert. Schließlich war Hedy zufrieden und sah sich um; sie hatte es wieder mal geschafft das Café in einen Wintertraum zu verwandeln. Jetzt fehlte nur noch die fast lebensgroße Nikolausfigur, die sie mit Astrid beim Trödler erstanden hatte. Auf diesen Fund waren beide besonders stolz.

„Wir sollten uns zu Weihnachten etwas ganz Besonderes einfallen lassen", sinnierte Hedy, als sie an diesem nebligen Novembertag abends in ihrer gemütlichen Wohnung mit Astrid zusammen saß.
„Ja, daran habe ich auch schon gedacht, aber hast Du eine konkrete Idee?", erkundigte Astrid sich bei ihr.
„Doch, die habe ich, aber ich weiß nicht was Du davon hältst und so richtig ausgereift ist die Sache auch noch nicht", gestand ihr Hedy.
Erwartungsvoll sah Astrid ihre Freundin an.
„Schieß los!", ermunterte sie Hedy.
„Also", begann Hedy, „ich habe mir überlegt,

dass wir doch viele Stammkunden haben, die allein sind und wir beide haben auch noch keine eigenen Familien. Warum sollten wir Weihnachten nicht hier im Café feiern? Mit allen, die dabei sein möchten. Was meinst Du dazu?", fragend sah sie Astrid an.

Astrid überlegte einen Moment lang und antwortete dann: „Warum eigentlich nicht? Nur am Heiligen Abend für wer weiß nicht wie viele Leute zu kochen, das möchte ich mir nicht aufhalsen. Außerdem ist dafür unsere Küche auch gar nicht geeignet. Hast Du das bedacht?"

„Das sollst Du auch nicht, aber in den Backöfen könnte man doch zwei verschiedene Aufläufe oder eine Quiche zubereiten – nichts Aufwendiges natürlich. Dazu einen leckeren Nachtisch, den man gut vorbereiten kann und gut ist es. Eintritt sollten wir in dem Fall allerdings nicht nehmen."

„Ist gut, ich denke mal darüber nach. Vielleicht können wir ja auch einige Gäste fragen, ob sie überhaupt Lust hätten zu einer solchen Weihnachtsfeier mit Fremden", schlug Astrid vor.

„Eine gute Idee", fand auch Hedy, und so

wurden in den nächsten Tagen einige ihrer Gäste nach ihrer Meinung darüber befragt. Voller Begeisterung sagten gleich fünf Leute ihr Kommen verbindlich zu.

„Jetzt können wir eigentlich schon gar nicht mehr anders", meinte Hedy am Vorabend des ersten Advents.

„Da hast Du recht, aber mir gefällt diese Idee inzwischen wirklich gut, und ein paar Rezepte dafür habe ich auch schon im Kopf", lachte Astrid.

„Na, dann sollten wir uns jetzt an die konkrete Planung für die Weihnachtsfeier machen", fand auch Hedy.

Am nächsten Tag entwarfen sie ein Plakat und hängten es an der Eingangstür und im Café auf. Die interessierten Gäste wurden um eine verbindliche Anmeldung gebeten, damit alles entsprechend organisiert werden konnte. Auch der Vorschlag eines jüngeren Stammkunden, jeden Teilnehmer an dieser Weihnachtsfeier zu bitten, doch ein nettes, kleines Wichtelgeschenk mitzubringen, wurde von Astrid und Hedy begeistert aufgenommen.

Schließlich sah die Ankündigung ihrer Feier so aus:

Weihnachten im Café Vergissmeinnicht!
Am Heiligen Abend sollte niemand einsam sein – kommen Sie zu uns, und wir feiern gemeinsam. Als Eintritt wird darum gebeten, ein kleines Wichtelgeschenk mitzubringen. (Maximal bis zu 5 Euro, gern auch eine gebastelte Kleinigkeit). Ihre Anmeldungen nehmen wir bis zum 20.12. entgegen und freuen uns auf Sie!
Beginn der Weihnachtsfeier ist ab 19.00 Uhr – Ende offen.

„Jetzt bin ich aber doch gespannt, wie viele Leute kommen", zweifelte Hedy.
„Mach Dir keine Sorgen, selbst, wenn es nicht so viele werden, eine gute und originelle Idee ist es allemal", tröstete Astrid sie.
Aber ihre Befürchtungen erwiesen sich als völlig unbegründet. Am Heiligen Abend war ihr kleines Café brechend voll und die Stimmung war ausgezeichnet. Der große geschmückte Weihnachtsbaum wurde von allen Gästen

bewundert und alle, ohne Ausnahme, hatten ein kleines Päckchen dabei. Die wurden zunächst einmal auf einem alten Schlitten im Flur abgelegt, und jeder Gast durfte sich später, bevor er nach Hause ging, eines davon mitnehmen.

„Ein schönes Bild, diese vielen liebevoll verpackten Geschenke auf dem alten Schlitten", meinte ein Gast und zückte sofort seinen Fotoapparat, um ein Erinnerungsfoto an diesen Abend zu machen. Hedy tat es ihm gleich.

Auch Astrid war ganz und gar in ihrem Element, als sie ihre leckeren Aufläufe servierte. Hedy hatte sich um den Nachtisch gekümmert. Wie gut, dass sie das Café am Vortag geschlossen hatten. Da blieb genug Zeit alles vorzubereiten – für immerhin etwa dreißig Gäste. Es gab zunächst eine heiße Suppe, danach die Aufläufe und den Abschluss bildete ein Spekulatius-Parfait mit Zimtpflaumen. Das Essen wurde allgemein gelobt, und Astrid und Hedy strahlten um die Wette!

Nach dem Essen räumten die beiden

Freundinnen schnell die Tische ab, und Hedy setzte sich dann in einen der gemütlichen Ohrensessel und las eine selbst verfasste kurze Weihnachtsgeschichte vor. Danach wurden einige der alten, den meisten Gästen bekannten Weihnachtslieder gesungen, und anschließend entspannen sich an den Tischen lebhafte Gespräche. Dabei wurden viele weihnachtliche Erinnerungen früherer Tage ausgetauscht, und die Gäste berichteten von erfüllten und nicht erfüllten Wünschen der vergangenen Jahre.

Es war fast Mitternacht, als sich die letzten Gäste auf den Heimweg machten. Ihre Weihnachtsfeier war ein voller Erfolg geworden, und einige der Teilnehmer hatten tatsächlich von einem der allerschönsten Weihnachtsfeste in den letzten Jahren gesprochen. Was konnte man mehr erwarten? Astrid und Hedy waren erschöpft und müde, aber sehr glücklich! Das Aufräumen konnte auf den nächsten Tag verschoben werden, dann war das Café ohnehin geschlossen.

Das war wirklich ein gelungenes und schönes

Weihnachtsfest, fanden Astrid und Hedy und beschlossen einmütig: „Das machen wir bestimmt im nächsten Jahr wieder!"

Heiligabend

Es war unser erstes Weihnachtsfest im neuen, eigenen Haus! Das sollte natürlich ein ganz besonderes Fest werden, und das wurde es tatsächlich, wenn auch in einem ganz anderen Sinne als ursprünglich gedacht.

Wir hatten die allerbesten Voraussetzungen für einen schönen Heiligabend geschaffen. Die Geschenke lagen schon lange verpackt bereit, wir hatten einen hübschen, dicht gewachsenen Tannenbaum gefunden und ihn am Tag zuvor schon im Wohnzimmer aufgestellt. Von meinem schönen, alten Weihnachtsschmuck war beim Umzug auch kein Teil zerbrochen, sodass der Baum abends der strahlende Mittelpunkt sein würde. Der Tisch war festlich gedeckt und dekoriert, und das Essen vorbereitet. Gegen Mittag fing es sogar programmgemäß ganz sacht an zu schneien. In sehr dicken Flocken, und so war nachmittags bereits alles weiß. Die Häuser trugen plötzlich weiße Zipfelmützen, und die Gärten um uns herum, sahen alle aus wie verzaubert. Der Familiengottesdienst in unserer kleinen, alten Dorfkirche, und vor allem das von den Kindern aufgeführte Krippenspiel, hatten uns begeistert. In bester Stimmung fuhren wir dann zu meinen Schwiegereltern um sie abzuholen, da sie den Heiligabend mit uns gemeinsam verbringen wollten.

Wieder zuhause angekommen, tauschten wir zuerst die Geschenke aus, bevor wir uns im Esszimmer versammelten, um danach in aller Ruhe zusammen das Weihnachtsessen zu genießen. Anschließend gingen wir zurück ins Wohnzimmer, um vor dem brennenden Kamin, den Abend gemütlich ausklingen zu lassen. Alle waren in fröhlicher und gelöster Stimmung, als das Telefon klingelte.
„Wer kann das denn jetzt sein, um diese Zeit?", wunderte sich Martin.
„Keine Ahnung, ich gehe gleich ran, dann werden wir es wissen", gab ich zurück, indem ich den Hörer abnahm und mich meldete. Vom anderen Ende der Leitung hörte ich die tränenerstickte Stimme meiner Schwester Sybille: „Hallo Angela, ich wollte Dir nur sagen, dass Bernd vor der Haustür gestürzt ist,

und mit Hilfe der Nachbarn, Anni und Walter, habe ich ihn erst einmal ins Bett gebracht."
„Du meine Güte, ist es schlimm? Hat er sich verletzt? Sollen wir kommen, Du bist doch ganz allein?", fragte ich aufgeregt.
„Nein, ich möchte Euch nicht auch noch den Heiligabend verderben. Ich wollte nur kurz mit jemandem reden", erwiderte sie mir, um dann hinzuzufügen: „Ich bin gerade vom Dienst gekommen, und jetzt schläft Bernd erst mal. Wir wissen auch nicht, wie lange er da schon gelegen hat, verletzt scheint er nicht zu sein, aber er war ziemlich unterkühlt."
„Das ist gut, aber trotzdem, wir kommen jetzt zu Dir!", sagte ich bestimmt, und legte auf, bevor sie noch einmal widersprechen konnte.
„Habt Ihr das mitbekommen? Bernd ist vor der Haustür ausgerutscht und Sybille ist allein – ich möchte sofort zu ihr! Tut mir leid", fügte ich in Richtung meiner Schwiegereltern noch hinzu.
„Ich komme mit Mama!", rief unsere Tochter Claudia sofort und sprang auf, um sich anzuziehen.
„Ist es schlimm?", fragte Martin mich.
„Nein, ich glaube nicht, er hat großes Glück

gehabt, aber Sybille sollte jetzt nicht allein bleiben, finde ich. Gerade heute Abend nicht!" Das fanden die anderen auch und so wurde beschlossen, dass Martin erst Claudia und mich zu meiner Schwester bringen, und sich dann um seine Eltern kümmern sollte.

Es hatte inzwischen zwar aufgehört zu schneien, aber es war mir trotzdem lieber, dass Martin mich, so aufgeregt wie ich war, nicht selbst fahren lassen wollte. Also blieben meine Schwiegereltern vor dem brennenden Kamin zurück, um von Martin später abgeholt und wieder nach Hause gebracht zu werden. Claudia und ich kletterten also, dick angezogen um der Kälte zu trotzen, ins Auto und los ging die Fahrt. Meine Schwester und ihr Mann wohnen im gleichen Dorf wie wir, allerdings hoch oben am Berg. Deshalb setzte Martin Claudia und mich an der Hauptstraße ab, und wir gingen das letzte Stück bis zum Haus meiner Schwester zu Fuß. Es war bitter kalt geworden, und der frisch gefallene Schnee glitzerte und knirschte unter unseren Füßen. Hier war seit Stunden kein Auto mehr gefahren. Über uns wölbte sich ein

wunderschöner, sehr klarer Sternenhimmel, als wir beide schweigend, und in unsere Gedanken versunken, durch die weiße Pracht stapften. Bis Claudia plötzlich stehenblieb und sagte: „Du Mama, ich glaube, das ist der wirkliche Sinn von Weihnachten - dass man füreinander da ist, wenn es nötig ist!"
„Ja, da hast Du sicher recht", stimmte ich ihr zu. Kurz darauf standen wir vor der Haustür meiner Schwester.
„Das ist lieb, dass Ihr gekommen sein!", begrüßte sie uns erfreut. „Tut mir leid, aber vorhin war ich so erschrocken, da musste ich einfach anrufen. Walter und Anni haben vorgeschlagen, dass ich mit zu ihnen hinüber kommen sollte, aber ich wollte Bernd hier nicht allein lassen!"
„Nein, das geht auch nicht! Mach Dir keine Gedanken, wir wollten kommen. Martin bringt seine Eltern nach Hause und holt uns dann später wieder ab, das ist alles ganz richtig so!", beruhigte ich sie.
Dieses denkwürdige Weihnachtsfest gehört bis heute zu den schönsten, die ich bisher erleben durfte.

Weihnachtswunder im Stall

I A - ich heiße Said und ich bin ein Esel. Alle kennen mich noch heute, aber so gut wie niemand hat je meinen Namen erfahren; deshalb möchte ich ihn Euch heute doch verraten. Zu der Zeit als ich meinem Herrn Josef und seiner Frau Maria gedient habe, da war es noch gar nicht üblich auch uns Tieren einen eigenen Namen zu geben – leider! Dabei sind wir genauso Geschöpfe des Herrn wie ihr Menschen, aber das weiß ich auch erst seit etwa zweitausend Jahren. Damals hat sich die Welt völlig verändert, obwohl es zunächst ganz still und fast ohne Aufsehen geschah.

Alles begann mit der Geburt dieses besonderen Kindes und ich, Said der Esel, ich durfte es miterleben! I A, ja so war es damals.

Ich war noch ein ganz junger Esel, als Josef mich zu sich holte. Er war Zimmermann und musste, wenn er arbeitete, dabei oft schwere Lasten tragen. Das konnte er nicht allein, deshalb kam ich ins Haus, um ihm dabei zu helfen. Josef war ein guter Mann. Bei ihm bekam ich immer Wasser, wenn ich durstig war und auch genug Heu, wenn ich nach der Arbeit hungrig war. Manches gute Wort hat er mir gegeben, und deshalb habe ich ihm immer gern geholfen seine großen Balken und Bretter zu tragen. Wir sind schnell gute Freunde geworden, und Josef hat mir sogar anvertraut, wenn er mal Sorgen oder Kummer hatte.

Als Maria dann zu uns kam, da wurde es noch schöner für uns beide. Sie hatte so zarte, weiche Hände, wenn sie mich gebürstet und gestriegelt hat. Außerdem hat sie mich oft gestreichelt; das hatte ich immer ganz besonders gern! Wir drei hatten kein schlechtes Leben, obwohl Josef und Maria arm waren. Aber sie liebten sich sehr und mich auch, das weiß ich ganz genau! I A.

Eines Tages kam Josef mit der Botschaft nach Hause, dass er mit Maria in seinen Geburtsort reisen sollte, um sich dort zu melden, weil unser Kaiser Augustus das befohlen hatte. So hat er es Maria und mir erklärt. Wenn der Kaiser etwas wollte, dann konnte man sich dem nicht widersetzen; also haben Maria und Josef ein paar Vorräte und Decken zusammengepackt und los ging es. Maria erwartete zu der Zeit ihr erstes Kind, deswegen war die Reise ziemlich anstrengend für sie, aber zuhause lassen wollte Josef sie auch nicht, weil es nicht mehr lange dauern würde, bis das Baby kam. Er hätte es niemals geschafft bis dahin zurück zu sein.

Arme Maria! Sie hat versucht ganz tapfer zu sein und zu laufen, so wie Josef und ich. Mir hat Josef ja auch noch das ganze Gepäck auf den Rücken geladen und das war eigentlich schon schwer genug. Eine Weile ging das auch, aber wir haben beide sehr bald gemerkt, wie die Wanderung Maria von Tag zu Tag schwerer fiel und sie immer langsamer wurde. Irgendwann kamen wir kaum noch voran, aber beklagt hat sie sich nie, meine tapfere kleine Herrin. Schließlich hat Josef sich einen Teil des Gepäcks aufgeladen und stattdessen Maria auf meinen Rücken gesetzt. Das war eine gute Idee von ihm, wir Esel sind es schließlich gewohnt schwere Lasten zu bewegen, aber meine Herrin zu tragen, das war mir eine Ehre, und außerdem war sie immer noch ziemlich leicht. Ich hatte sie viel lieber auf meinem Rücken als das schwere Gepäck. I A.

Nachts haben wir alle drei Seite an Seite gelegen und uns ausgeruht. Irgendwie hat Josef es immer geschafft, für sich und Maria etwas zum Essen aufzutreiben, und für mich wenigstens frisches Wasser und ein wenig Grünfutter zu besorgen. Wenn ich schlapp gemacht hätte, dann wäre Josef mit Maria wohl gar nicht erst bis nach Bethlehem gekommen. Wir waren alle sehr froh, als wir die große Stadt endlich vor uns liegen sahen. Das verlieh uns allen neue Kraft, nach den wochenlangen Anstrengungen, endlich das ersehnte Ziel vor Augen zu haben! Maria war wirklich sehr tapfer, aber Josef und ich machten uns trotzdem große Sorgen um sie. Sie war ja so zart und empfindlich.
„Guter Said, lieber Freund, bin ich Dir auch nicht zu schwer geworden?", das hat sie mich oft gefragt. Sie wollte sich zwischendurch mal bewegen und ein paar Schritte allein laufen, aber das ging nie lange gut. Dann hat sie sich

ganz freiwillig von Josef wieder auf meinen Rücken setzten lassen. Ich habe sie immer gern getragen, selbst dann, wenn ich schon müde war. I A!

Die große Stadt war so ganz anders, als ich sie mir vorgestellt hatte. Furchtbar voll und laut und hektisch ging es dort zu. Viele Leute waren unfreundlich zu Josef und Maria, wenn sie nach dem richtigen Weg fragten. Außerdem wollten alle nur für sich einen freien Platz zum Schlafen ergattern, und keiner war bereit, seinen Strohsack aufzugeben. An ganz viele Türen hat Josef vergeblich geklopft und überall eine abweisende Antwort erhalten, so dass er ganz mutlos geworden war. Natürlich habe ich dann versucht ihn aufzumuntern, indem ich immer wieder meinen Kopf an seiner Schulter gerieben und dabei ganz laut I A gerufen habe. Er durfte doch nicht so einfach aufgeben, schon Maria´s wegen nicht!
„Ach Said, was würden wir nur ohne Dich anfangen", hat Josef dann gesagt und mich gestreichelt. Das hat er zuhause nur ganz selten getan, aber zu der Zeit war er sehr verzweifelt

und Maria auch. Wir hatten schon fast die ganze Stadt durchkämmt, als endlich ein Mann Mitleid mit uns hatte. Er beschrieb uns den Weg zu seinem Stall, der zwar etwas außerhalb der großen Stadt lag, aber bis dahin war es nicht mehr weit, und wir bekamen wenigstens ein Dach über den Kopf für diese Nacht. Er war sehr nett, und er gab uns sogar noch etwas zu essen und ein paar saubere Tücher mit.
„Die werdet Ihr sicher gut gebrauchen können, wenn das Baby da ist", meinte er. Ein guter Mensch war das! I A.

Mit letzter Kraft schafften wir es bis zu dem Stall zu kommen. Ein Ochse stand darin und eine kleine Katze lag auch im Stroh und hatte sich hier ein warmes Plätzchen zum Schlafen gesucht. Es war schon Nacht, als wir den Stall endlich gefunden hatten. Sofort wollte Josef für Maria etwas Stroh aufschütten, damit sie sich nun endlich ausruhen konnte, aber das wollte sie nicht. Sie spürte, dass ihr Kind jetzt ganz bald zur Welt kommen würde, und so war es dann ja auch. Einige Stunden später lag das Baby, dieses ganz besondere Baby, in ihren

Armen, und so waren sie und Josef Eltern geworden! Es war ein Junge, und er hat das Licht in diese Welt gebracht, deshalb ist er geboren worden, I A!

Wir haben es alle gespürt, Maria, Josef, der starke Ochse, die kleine Katze und ich auch. Maria hat den kleinen Jesus in saubere Tücher gewickelt, und wir, der Ochse und ich, haben uns direkt neben die Krippe gestellt, in der Maria für ihren Sohn das Bettchen gemacht hatte. Mit unserem Atem haben wir versucht, das Baby zu wärmen.

Es war eine ganz eigenartige Nacht, damals als das Jesuskind geboren wurde! So klar und hell haben die Sterne zuvor nie gestrahlt, und ein ganz besonders großer und schöner Stern stand direkt über dem Stall, in dem das geschehen war, was Ihr später das Weihnachtswunder genannt habt, und ich, der Esel Said, ich war dabei und habe es erlebt. I A!

Bisher von Brigitta Rudolf erschienen:

Katze für Anfänger
ISBN 9 783 735 774 316

Jonny Appetito, ein Kater wie er im Buche…
ISBN 9 783 734 791 321

Pfötchenspuren
ISBN 9 783 739 204 284

Brigitta Rudolf

Die Autorin lebt mit ihrem Mann und Kater Jonny in einer kleinen Kurstadt am Rande des Wiehengebirges. Nach „Katze für Anfänger", Jonny Appetito und „Pfötchenspuren" ist mit diesem Weihnachtsbuch jetzt ihr viertes Buch erschienen.

Als nächstes sollen Schmunzel – Krimigeschichten herausgebracht werden, die Spannung mit einer Prise Humor verbinden, die garantiert auch Anti – Krimi – Lesern gefallen werden.

Weitere Bücher mit Kurzgeschichten und wiederum Tiergeschichten sollen folgen.

www.brigittarudolf.jimdo.com

Dankeschön

An Martin K., der mir den Anstoß gab, diese weihnachtlichen Geschichten zu schreiben. Es hat mir viel Freude gemacht, daran zu arbeiten.

An meinen Mann Manfred, der wie immer sein bestes getan hat, damit auch dieses Buch fertig geworden ist!

Dankeschön